双葉文庫

浪人奉行

八ノ巻

稲葉稔

目次

浪人奉行　八ノ巻

長崎村・椎名町地図

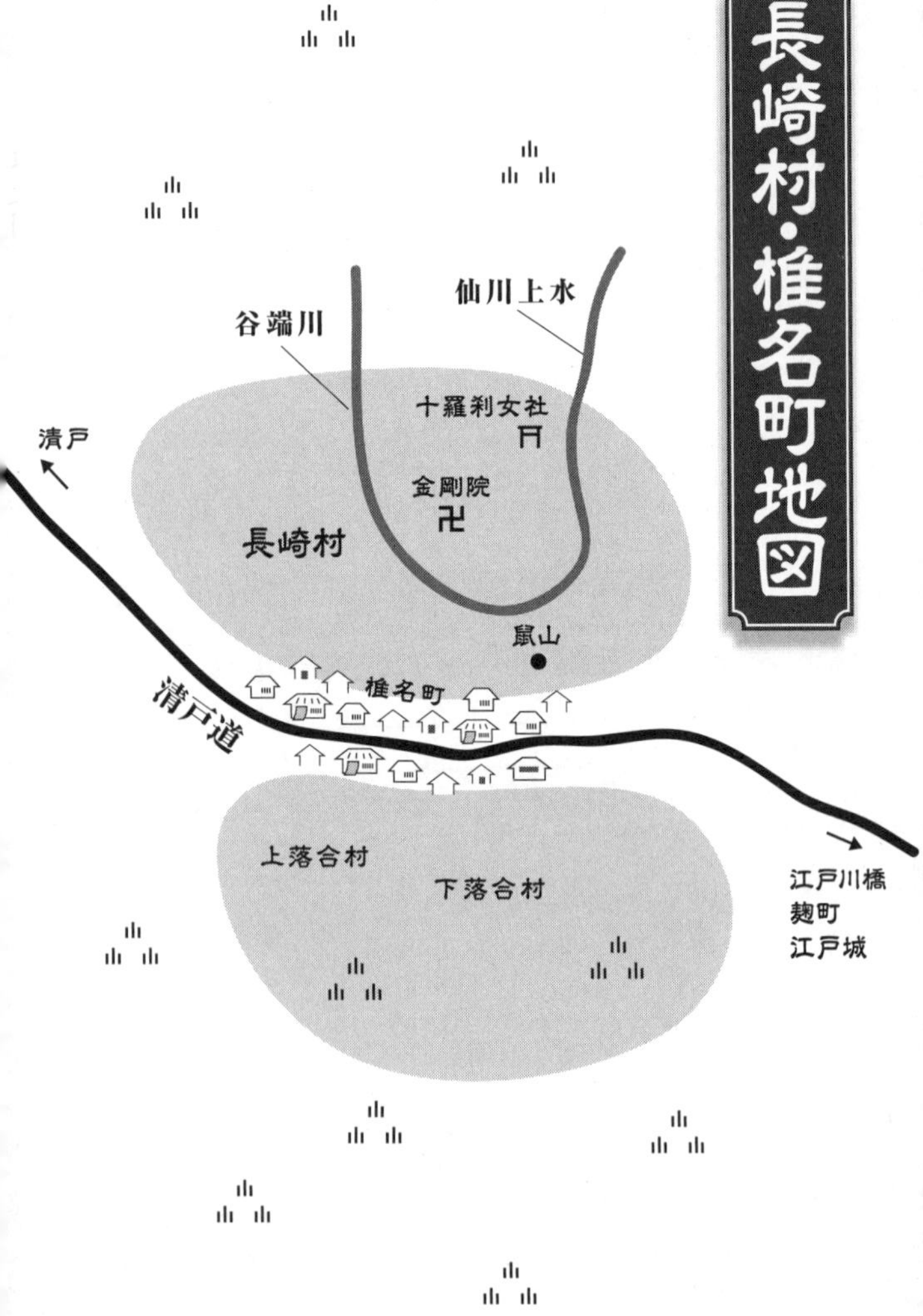

ときは天明――。

諸国は飢饉《ききん》により荒れていた。原因となったのは、天候不順による暖冬と旱魃《かんばつ》、洪水、さらに岩木山《いわきやま》と浅間山《あさまやま》の噴火が挙げられる。

とくに東北地方は悲惨を極め、ひどい食糧危機に陥《おちい》り、ときには人肉を食らい、あるいは草木に人肉を混ぜ犬の肉と称して売ったりするほどだった。

口減らしのための間引《まび》きや姥捨《うばす》てはあとを絶たず、行き倒れたり餓死《がし》する者も珍しくなかった。飢餓《きが》に加え疫病《えきびよう》まで蔓延《まんえん》し、わずか六年の間に九十二万人あまりの人口が減ったといわれる。

米をはじめとした物価は高騰《こうとう》の一途《いっと》を辿《たど》り、江戸で千軒の米屋と八千軒の商家が襲われ、騒乱《そうらん》状態は三日間もつづくありさまだった。

これを機に、将軍家斉《いえなり》を補佐する老中筆頭《ろうじゅうひっとう》の松平定信《まつだいらさだのぶ》は改革に乗りだすも、その効果ははかばかしくなく、江戸には食い詰めた百姓や窮民《きゅうみん》が続々と流入し、治安悪化を招いた。

在方《ざいかた》から町方に流れてくるのは、そんな輩《やから》だけではない。浮浪者、孤児《みなしご》、無宿《むしゅく》の無頼漢《ぶらいかん》、娼婦《しょうふ》、やくざ、掏摸《すり》、かっぱらい、追いはぎ、強盗……等《など》など。

幕府は取締りを強化し、流民《りゅうみん》対策を厳しく行ったが、町奉行所の目の届かぬ郊外では、宿場荒らしや、食い詰めた質《たち》の悪い百姓や無宿人、あるいは流れ博徒《ばくと》が跳梁跋扈《ちょうりょうばっこ》し、無法地帯と化していた。

第一章　不吉な話

一

若葉が少しずつ色を濃くしている。

昼下がりにぱらついた雨が木の葉をしっとり濡らしていた。仕込み仕事を終えた八雲兼四郎《やくもけんしろう》は、前垂《まえだ》れの紐《ひも》をきゅっと結び直し、着物の襟《えり》を両手の人差し指と親指を使ってぴっと伸ばした。

そのまま店を出て空を仰《あお》ぐ。青空に浮かぶ雲が傾いた日の光を受けて、うっすらとした朱色に変わっていた。この時季は日の暮れが遅い。

目の前の植え込みの葉に、雨蛙《あまがえる》が張りついていた。きれいな蛙だった。指を伸ばしてさわっても逃げなかった。

「陽気がよくなりましたね」

　ふいに声をかけてきたのは隣の八百屋《やおや》の主《あるじ》だった。頭にねじり鉢巻《はちま》きをして、にこやかに笑いかけてくる。

「ああよくなったが、もうじき梅雨《つゆ》だろう。雨は鬱陶《うっとう》しくていやだね」

「まったくです」

　主は応じてから店の片づけにかかった。

　兼四郎はその主をしばらく眺めてから、店に縄暖簾《なわのれん》を掛けた。「いろは屋」、それが店の名だった。傾いていた掛行灯《かけあんどん》を整えて店のなかに戻る。

　土間には幅広の床几《しょうぎ》があり、そこが客席で、十人も入ればいっぱいになる。壁に一輪挿《いちりんざ》しを飾っていた。赤い石榴《ざくろ》の花は、昨日、贔屓客《ひいききゃく》の寿々《すず》が活《い》けてくれたのだった。

　反対の壁には品書きを貼ってあるが、

「めし　干物《ひもの》　酒」――それだけである。

　もっとも気が向けば他の料理を作ることもある。常連客に出すもので、この日は鮎《あゆ》の塩焼きを用意していた。そのために七輪《しちりん》に炭を入れ、いつでも焼けるように支度《したく》をしていた。

板場に入り七輪の火加減を見、仕入れた鮎をたしかめる。十四のみ。早い者勝ちだ。

「大将、いいかい？」

声に振り返ると、紙売りの順次《じゅんじ》だった。それにもうひとり客を連れていた。女である。どこか陰鬱《いんうつ》な顔をしているが、器量はよい。

「暖簾が掛かってんだ。遠慮なんかいらないだろう。つけるのか、それとも冷やでやるか？」

「冷やでいい」

順次はそう応じ、連れの女にそこに座れといって、並んで腰をおろした。

兼四郎は酒をぐい呑みにつぎながら、ちらりと客席を見る。女はうつむいて黙り込んでいる。順次は色白のやさ男だ。ひょっとすると、口説《くど》いた女かもしれない。

兼四郎は勝手に推量して、二人のところに酒を運んだ。

「おまえも、飲め」

順次は連れの女に勧める。

女は暗い面持《おもも》ちで小さくうなずく。いつもはおしゃべりの順次も、今日は口が重いのか、女に合わせたように黙っている。

兼四郎は、なんとなく声をかけづらいので板場に戻った。板場と客間を仕切る板壁に小さな窓があり、そこから客の様子を見たり、注文を聞いたりできる。

「大将、こいつはおれの妹なんだ」

順次が酒をひと口飲んだあとで顔を向けてきた。

「妹さん……」

「ああ、長崎村《ながさきむら》からやって来たんだ。やってきたっていうより、逃げてきたんだ。そうだな」

順次は妹を見る。

妹はうつむいたままうなずく。ぐい呑みを両手で包むように持っていた。

「おまえに似て器量よしだな。名はなんていうんだい？」

「……おけいというんだ。年の離れた妹でね。こいつの上に二人の姉がいたんだけど、二人とも流行病《はやりやまい》で早くに死んじまって、こいつだけが村に残っていたんだ」

「逃げてきたようなことをいったが、どういうことだい？」

兼四郎は順次とおけいを見る。

「おけい、いい加減に話してくれねえか。助けてくれといっても、何もわからずじまいじゃどうしようもねえだろう。さあ、酒を飲みゃ少しは気が楽になる。飲みな」

勧められたおけいは、少しだけ酒を飲んだ。

「飯もろくに食わねえで、何もしゃべらねえ。怖いとか、助けてくれとか、そんなことしかいわねえから、おれもどうしていいかわからねえだろう。いってェ何があったんだ？　ああ、この大将のことなら気にしなくていい。口の固いおやじだからよ」

兼四郎はおけいを静かに眺めた。

兄の順次に似て器量はいいが、暗い顔つきだ。それによく見れば、擦《す》り切れた野良着《のらぎ》姿である。爪《つめ》に土が詰まっていて、手の甲には擦り傷があった。

「みんな……殺された……」

兼四郎ははっと目をみはった。順次はさっと顔をおけいに向ける。

「殺されたって、そりゃどういうことだ？」

順次はまばたきをしながら妹を見つめる。

「…………」

おけいは唇を嚙《か》むように引き結んで、首を振った。泣きそうな顔だ。

「怖い、怖い」

「おい、おけい。何が怖いんだ。みんな殺されたって、どういうことだ？」

おけいは答えない。

業を煮やしたように、順次が兼四郎を見る。

「二日前に突然、おれの家にやって来たんだよ。助けてくれっていって。どうしたんだと聞いても、逃げてきた、怖いというだけで。たしかに着の身着のままって様子で、草履《ぞうり》も何も履《は》いてねえ裸足《はだし》だったんだ。ひょっとしたら、亭主と喧嘩《けんか》でもしたんじゃねえかと聞いても、そうじゃないという。詳しいことをしゃべってくれねえから、おれも困っちまってね。それで、長崎村におれが連れて帰るといっても、それはいやだ、できないと泣くんだよ。もう、どうすりゃいいかわからなくてよ」

順次は弱り切った顔を兼四郎に向けて、酒をあおった。

「おけいさん、怖い目にあったんだな。いったい何があったんだい？」

兼四郎は床几に腰を下ろして、おけいに話しかけた。

「逃げなきゃならないほど怖ろしいことがあったんだね」

おけいは子供のように、こくんとうなずいた。

「誰が殺されたんだい？」

そう聞くと、おけいはぞっとしたように顔をあげた。黒くすんだ瞳を兼四郎に向けてくる。それから小刻《こきざ》みに体をふるわせた。

「怖がることはない。ここには怖い者はいない。何があったんだい？」

兼四郎が言葉を足すと、おけいは躊躇《ためら》いがちに口をうすく開けた。

「おけい、話してくれ。そうしなきゃ、どうすりゃいいかわからねえだろう」

順次が当惑する。

「おけいさん、ひどい目にあったんだね。怖かったんだね」

兼四郎は同情の言葉をかけた。おけいと同じような男と女を何人も見ている。心に深い傷を負っている者たちだ。

人間は衝撃が強すぎると、塞《ふさ》ぎ込み、心を開けないことがある。兼四郎は、おけいもそうだろうと思った。

「兄さんが親身に心配してるんだ。兄さんもおれもあんたの味方だよ。怖いことなんて何もありゃしない。話せば楽になることもある」

おけいは目をみはったまま兼四郎を見つめ、それから順次に顔を向けて、小さ

く唇をふるわせてから、

「十日ばかり前のことでした」

といって話し出した。

二

それはこういうことだった――。

おけいは長崎村の百姓惣吉《そうきち》の女房で、その日は二人で田に出て、近所の百姓の田植えの手伝いをしていた。田植えは親戚が集まったり、近所の百姓仲間を集めて作業をすることが習わしである。

日が暮れかかった頃に作業が終わり、おけいは惣吉と家路についたが、途中で魚を今夜のおかずにしたいと惣吉に請《こ》われた。

「しばらく食ってねえだろう。この時季は脂《あぶら》ののった開きが出まわるから、町の魚屋で買って帰ろう」

「そうね。お酒のいいつまみにもなるもんね。そうしますか」

おけいも同意して、野路《のじ》を引き返し長崎村の町に向かった。

町というのは村内にある唯一の町場だった。小さな宿駅といってもいい。俗に椎名町《しいなまち》と呼んでいて、穀物商《こくもつしょう》の徳屋《とくや》をはじめとした、大小の店が十数軒固まっていた。それらの店は清戸道《きよとみち》（現目白通《めじろどお》り）沿いにあり、旅人や行商らに重宝《ちょうほう》されていた。

「ついでに蠟燭《ろうそく》と線香《せんこう》も買って帰りましょう」

おけいはあかるく微笑《ほほえ》んで惣吉を見た。

「そういや、切れてたな。ご先祖様の罰《ばち》があたらねえように買っていこう」

西の空にはきれいな夕焼けが広がっていて、畑から舞いあがった雲雀《ひばり》が鳴き声をあげてどこかへ飛んでいった。

町には万屋《よろずや》や小間物屋《こまものや》、小さな酒屋、旅人目あての煮売屋《にうりや》などがある。人通りはまばらで、乾いた往還《おうかん》はときおり吹く風に土埃《つちぼこり》を舞いあがらせていた。

なんでも売っている万屋で線香と蠟燭を買うと、町中にある魚屋に足を向けた。そのときだった。江戸口にあたるほうから何人かの男たちがあらわれた。

おけいと惣吉は足を止めて、やってくる男たちを見た。腰に大小を差しているので侍にちがいないだろうが、身なりは浪人の体《てい》だった。

しかし、なんとも形容しがたい不気味な空気を纏《まと》っており、おけいは「近寄ったら危ない」と直感した。

浪人たちは十人ぐらいはいるだろうか……。

「あんた」

おけいが惣吉の袖《そで》を引いたときだった。やって来た浪人たちが、さっと四方に散らばったと思ったら、数軒の店に飛び込んだ。

「なんだ？」

突然のことに、惣吉が目をまるくしてつぶやいた。その直後、いくつかの悲鳴が聞こえてきて、腰高障子《こしだかしょうじ》ごと表に倒れた男がいた。

つづいて、表に逃げてきた店の女房が、背後から追ってきた浪人に、背中をばっさり斬られ、血飛沫《ちしぶき》を迸《ほとばし》らせながら悲鳴とともに倒れた。

おけいと惣吉は、その場に凍りついていた。足に釘《くぎ》を打ちつけられたように、しばらく動くことができなかった。

その間にも惨劇が目の前で起きていた。表に飛び出してきた子供がいた。その子供の背中に脇差《わきざし》が飛んできて突き刺さった。

「うわー！」

子供はばったり倒れて、逃げようと両手で地面をひっかくように動かしたが、それも束《つか》の間《ま》、すぐに息絶えた。

白い腰高障子が血飛沫で赤く染められ、店のなかから絶叫や断末魔《だんまつま》の悲鳴が聞こえてきた。

赤い血に濡れた刀を下げた浪人が表に出てきて、おけいと惣吉に気づいた。カッと血走った目を向けてくると、そのまま刀を振りかざして駆けてきた。

「逃げろ！」

惣吉がおけいを突き飛ばすようにしていった。

「あんたも」

おけいは惣吉の袖を引いたが、すでに浪人が近くに迫っていた。

「逃げるんだ、おけい」

惣吉の声にはじかれたように、おけいは商家と商家の間の細い路地に飛び込んだ。背後で悲鳴が聞こえたが、逃げなければ殺されるという恐怖から、振り返ることも立ち止まることもできなかった。

息を切らして竹藪《たけやぶ》に飛び込むと、乱れた呼吸を抑えながらゆっくり竹藪のなかを進んだ。そのとき、清戸道から逃げてくる男がいた。

忠次《ちゅうじ》という魚屋だった。こっちよと、おけいは心のなかで叫んだが、忠次を追いかけている浪人がいた。忠次はこけつまろびつ田んぼ道を逃げていたが、浪人に追いつかれて立ち止まった。

忠次が振り返ると、浪人はなんの躊躇いもなく、刀を振り下ろした。

忠次は額《ひたい》から顎《あご》にかけてざっくり斬られ、悲鳴をあげることもできずに水田にざぶんと倒れて動かなくなった。

夕空を映す水田に赤い血が広がり、蛙たちが驚いたようにゲコゲコと鳴きはじめた。

その一部始終を見たおけいは、竹にしがみついたまま、しばらく動くことができなかった。

(惣吉さんは、惣吉さんは……)

胸のうちでつぶやきながら、自分が逃げてきたほうを見やるが、惣吉の姿はない。もしや、逃げるときに聞いた悲鳴が亭主だったのかしらと考えると、体がぶるぶるとふるえ、立っていられなくなった。

竹にしがみついたままずるずるとしゃがみ込むと、そのまま尻餅《しりもち》をついた。

蛙の鳴き声に交じって、悲鳴が聞こえてきた。

おけいはぎゅっと目をつむった。

「助けて、助けて、助けてください」

呪文《じゅもん》のようにつぶやきながら体をふるわせた。

やがてようようと日が暮れ、あたりが暗くなった。おけいは自分の家に向かってよろよろと歩いて行ったが、途中で、家にもあの浪人たちがいるのではないかという不安に襲われた。

家に帰ったら自分も殺されるかもしれない。恐怖心は次第に大きくなり、我知らずに村から離れていた。

その晩は知らない稲荷社《いなりしゃ》の境内《けいだい》で体を休め、夜明け前にちがう村に入った。どの道を歩いているのか、その道がどこに繋《つな》がっているのかわからなかった。湧《わ》き水《みず》を見つけて喉《のど》の渇きを癒《い》やし、見知らぬ家の庭にある枇杷《びわ》をちぎって空腹を誤魔化《ごまか》した。二日目には寺の境内で過ごし、その翌日には橋の下で夜露《よつゆ》をしのいだ。

村に戻るのが怖くて、足は自然と江戸に向かった。

(兄さんの家に……)

三

「そんなことが……」

話を聞いた順次は絶句した。

「おけいさん、それは十日ばかり前のことなんだな」

兼四郎の問いに、おけいは「そうだ」というようにうなずいた。

「その浪人たちは江戸のほうからやって来た。数は十人ぐらい」

また、おけいはうなずいた。まばたきもせず目をみはったままだ。

「亭主がどうなったか、わからないんだな」

おけいは唇を引き結んで、わからないとかぶりを振り、目に涙を溜《た》めた。

「どうすりゃいいんだ。御番所《ごばんしょ》に訴えるか」

順次はおけいの話を聞いてよほど驚いたらしく、おろおろした顔を兼四郎に向けた。

「無駄だ」

「無駄……」

順次は兼四郎をまっすぐ見た。

「長崎村は御番所の支配地じゃない。訴えても町方は動きゃしないさ」

「それじゃどうすりゃいいんだ。おけいは何人も殺された者を見てんだ。人殺しがあったんだぜ」

順次は憤慨《ふんがい》して、ぐい呑みを床几にどんと置いた。

兼四郎は黙り込むしかなかった。


兼四郎の店からほどない麹町《こうじまち》八丁目に栖岸院《せいがんいん》という浄土宗《じようどしゆう》の寺がある。この寺院は家康《いえやす》の家臣で、のちに高崎藩主《たかさきはんしゆ》になった安藤重信《あんどうしげのぶ》が創建していた。住職は将軍に単独で拝謁《はいえつ》できる〝独礼《どくれい》の寺格《じかく》〟を許されている。また、安藤家をはじめとした多くの旗本諸家の香華寺《こうげじ》として有名であった。

住職の隆観《りゆうかん》はこのところ、妙なというか奇《き》っ怪《かい》な出来事にいやな胸騒ぎを覚えていた。

それは本堂に祀《まつ》ってある仏像が突然横倒しになったり、木魚《もくぎよ》をたたく棒が折れたりしたからだ。

地震が起きたわけでもなく、風が吹いたからでもないのに、なぜ仏像が倒れるのか？

鼠《ねずみ》の悪戯《いたずら》だとしても、相当な力がなければできないことだ。

「おかしなことだ」

その日の勤行《ごんぎょう》を終えたあとで、今日は何事もなかったと胸を撫で下ろしながらも、不安そうな目で祭壇《さいだん》を眺める。

細い線香の煙が棚引《たなび》き、蠟燭のあかりに浮かぶ黄金色の聖観世音菩薩《しょうかんぜおんぼさつ》はいつもと変わらない。他の仏像も安泰《あんたい》である。

「やれやれ」

首を振りながら法衣《ほうえ》の袖をまくって立ちあがった。ついでに、よっこらしょとつぶやき、腰のあたりをとんとんと叩く。

回廊《かいろう》に出ると、もうあたりは暗くなっていた。空には星々の輝きがある。

法衣の裾《すそ》を引きずるようにして母屋《おもや》に向かったが、途中でブチッと音を立てて草履の緒《お》が切れた。草履はその朝下ろしたばかりだった。

(どういうことであろうか……)

些細《ささい》なことではあるが、不吉に思った。緒の切れた草履を片手に持ち、そのまま母屋に戻ったが、どうにも落ち着かない。

小僧が運んできた茶に口をつけると、じっとり汗をかいている自分に気づき、扇子《せんす》を抜いてあおごうとしたとたん、その扇子が手からこぼれてしまった。

隆観は扇子をじっと眺めた。行灯のあかりを受けている扇子の柄《え》は、一方を向いている。それは先日倒れた仏像の頭が向いていた方角であった。

「はて、何かのお告げであろうか……」

独り言をいって扇子を拾い取り、ゆっくりあおぎ、茶に口をつけた。そのとき、廊下にバタバタと足音がして若い小僧が慌てて駆け込み、座敷口に手をついた。

「和尚《おしょう》様、大変でございます。菩薩様が傾きました」

「なに、どの菩薩様だ？」

隆観は半白髪《はんしらが》の眉《まゆ》をぴくりと動かして、小僧をにらむように見た。

本殿には中央に阿弥陀如来《あみだにょらい》、右に観音菩薩、左に勢至《せいし》菩薩が祀ってある。その他にも法然上人《ほうねんしょうにん》と善導大師《ぜんどうだいし》の像もあった。

「観音様です」

隆観は慌てて立ちあがると、小僧と足早に本堂に戻った。たしかに慈悲《じひ》をあらわす観音菩薩が傾いている。

「なぜ、傾くのだ？」

小僧は隣で首をかしげる。

「とにかく直しなさい」

隆観が指図すると、小僧は祭壇の脇に行き、観音菩薩に手をかけようとした。

「お待ち」

小僧の手が止まった。隆観はいまにも倒れそうになっている菩薩を見た。

頭が、先日倒れた仏像と同じ方角を向いている。先ほど自分が落とした扇子も同じ方角。

それは北西を示す乾《いぬい》の方角であった。乾は戌《いぬ》と亥《い》の間である。

（やはり、何かのお告げかもしれない。悪いことが起こらなければよいが……）

そう思った隆観は、

「お経をあげます。おまえさんも付き合いなさい。その前に観音様を元に戻しておくれ」

と告げ、本尊《ほんぞん》前に腰を下ろして数珠《じゅず》を鳴らし、鉦《かね》を打った。

ゴーンという音が本堂に広がると、隆観は静かにお経を唱えはじめた。

ちょうどその頃であった。

麹町五丁目にある呉服商《ごふくしょう》、岩城升屋《いわきますや》の奥座敷で、主の九右衛門《きゅうえもん》は、多摩郡《たまごおり》清戸から戻ってきた義助《ぎすけ》という染物屋《そめものや》と話をしていた。

升屋は日本橋《にほんばし》の越後屋《えちごや》や白木屋《しろきや》に負けず劣らずの大店《おおだな》である。間口は三十六間あり、十一棟の蔵を持っていた。奉公人は手代、小者、女中、下男などを合わせると五百人を数える。

大坂《おおさか》と京《きょう》にも店があり、「現金掛け値なし」の看板を掲げている。越後屋もこの看板と同じ謳《うた》い文句を掲げているが、じつは升屋のほうが早かったという説もある。

義助は腕のいい染物職人で、ときどき多摩清戸に染料を集めに行っては、江戸に戻ってきて升屋の反物《たんもの》を預かり、見事な染柄《そめがら》を提供していた。

「それじゃまあ、これからもよろしく頼みます」

商談を終えた升屋九右衛門は、義助に微笑みを向け、届けてもらった反物を脇に引き寄せながら、

「あんたの手にかかると、なんでもない反物が見違えたものになる。手妻《てづま》でも使っているのではないかという手代もいるくらいだよ」

と、軽やかに笑えば、

「いえいえ、升屋さんの注文とあらば、こちらも手を抜けませんので、汗を流しているだけでございます」

と、義助は謙遜《けんそん》する。

「それで、何か変わったことはないかね」

「気になることがあるんでございますよ」

義助は少し顔をこわばらせて九右衛門を見た。

「ほう、気になること。いいことかね、悪いことかね」

「あんまりよくない気がいたします。怖ろしいというか、気色悪いというか……」

義助は言葉を切って、怖気《おぞけ》立ったようにぶるっと体をふるわせた。

「どういうことだね」

九右衛門はゆで卵のように、つるんとした顔にあるうすい眉をひそめた。

「旦那さんは長崎村に行かれたことがありますか？」

「長崎村……いや、行ったことはないが、その村から来ている奉公人が、たしかうちにいたはずですけど……何か長崎村でありましたか？」

「何かあったかどうかまではわかりませんが、長崎村は江戸を発って最初の小さな宿場でございます。宿場と申しましても、さほど大きくはありません。旅籠《はたご》はなく、茶屋や穀物商などの店が十数軒あるぐらいで、ごく小さな町です。土地の者は椎名町と呼んだりして、近くの村の百姓たちに重宝がられています」

「ふむ、その村がどうしたのだね」

九右衛門は膝《ひざ》を摺って近寄った。こういった話には大いに興味がある。

「あたしは染料を求めにその町をよく通りますし、茶屋やちょっとした飯屋に立ち寄ることもあります。ところが、今日はどの店も表戸を閉めてしーんと静まり返っているのです。どの店も商いをやっておりません。まるで死んだ町のようで気味悪いんです」

「気味悪いって、店が休みだっただけではないのかね」

「そうかもしれませんが、途中で会った百姓に椎名町はどうしたのだねと訊ねますと、あそこには近づかないほうがいい、鬼がいるから、食われるか殺されるというんです」

「まさか鬼が……」

九右衛門は馬鹿馬鹿しいというように、首を振った。しかし、義助はいたって真剣な面持ちで話をつづける。

「鬼はいないかもしれませんが、村の外れにある木に殺された人が吊るされていたらしいのです。それもひとりではなく三人も……」

「殺された人が……」

「へえ、首吊りのようになっていたそうです。もっともこの飢饉《ききん》で在方《ざいかた》はどこも苦しいので、一家心中でもしたのではないかと思ったのですが、百姓は、心中なんかではない、近くの川にも、百姓の娘と倅《せがれ》の死体が浮かんでいたというのです。あたしがこの目で見たわけではありませんが、その百姓の子は首を斬られていたようなんです。気味の悪い話ではありませんか……」

「それじゃ、人殺しじゃないか」

「そうでしょうが、誰がそんなひどいことをしたのかわからないといいます。それに町に買い物に行った男や女が戻ってこないと、そんな話も耳にいたしました」

「旅人は通っているんだろう」

「通ってはいますが、なにせ田舎《いなか》の道ですから、人の往来も多くありませんし、店が閉まっていれば素通りです。半月後にはまた清戸に行きますので、そのときにたしかめてみようと思っているんでございますよ」

義助はまるい顔のなかにある豆粒のような目をしばたたく。

「ただ事じゃなさそうですが、そりゃあお気をつけなさい。飢えに喘《あえ》いでいる百姓もいれば、質《たち》の悪い浪人もいるご時世です。さわらぬ神に祟《たた》りなしと申します。それにしても、怖ろしいことですね」

「この店にも長崎村から来ている奉公人がいるとおっしゃいましたが、聞いてみたらいかがでしょう。悪ふざけの噂ならいいのですが……」

四

順次の妹おけいから聞いた話は、ずっと兼四郎の頭にこびりついていた。あの話は嘘や冗談ではなく、真実だ。ならば、どうすればよい。

兼四郎は江戸の空に蓋《ふた》をしている鼠色の雲を眺めながら迷っていた。仕入れの途中で、その朝は麹町四丁目にある和泉屋《いずみや》で醬油《しょうゆ》を買い、たまには精をつけるものをと思い平川町《ひらかわちょう》三丁目にある獣店《けだものだな》で鹿《しか》の干肉《ほしにく》を仕入れたところだった。

店と同じ麹町隼町《はやぶさちょう》にある自宅長屋に戻ったが、どうにも気持ちがすっきりしない。おけいのことも気になっていた。

仕入れたものを家に置くと、順次の長屋に足を向けた。その長屋は隣町の麹町山元町《やまもとちょう》にあった。

戸は閉まっていたが、声をかけるとおけいのか細い声が返ってきた。そのまま腰高障子を引き開けると、目の前におけいが立っていた。

これは大将、と蚊《か》の鳴くような声を漏らす。兼四郎は店では大将と呼ばれている。

「順次はどうした？」

家のなかに順次の姿はなかった。

「いつまでも休んでいられないといって、仕事に出ました。わたしが押しかけてきたので、迷惑しているんです」

「そうか。それで、あんたはどうするんだ？　亭主のことも気になっているだろうし」

「はい、いま頃どうしているんだろうと心配なのですが、あの村に戻るのが怖いんです」

おけいは昨日より少し落ち着いていた。

「そうだろうが……」

兼四郎は居間の上がり口に腰を下ろした。

「わたしはどうすればいいんでしょう」

おけいは暗く沈んだ顔でいう。

「順次は何といっているんだ？」

「人殺しがいつまでもいるわけはないだろうから、近いうちにわたしを村まで送っていくといっています。兄さんがついて行ってくれるなら、わたしも戻ろうかと……」

おけいは気乗りしない様子でいう。

「そうだな。いつまでもここにいるわけにはいかんだろうからな。それに亭主のこともある」

「そうなんです。あの……」

おけいは兼四郎に顔を向けた。百姓の嫁にしては整った面立ちだ。もっとも髪はボサボサでほつれているし、色は黒いが。

「なんだ？」

「名主さんに訴えたらいいのではないかと思っているんですが……」

「そうだな。村の名主だったら、話を聞いてくれるかもしれんな。だけど、相手が残忍な人殺しとなれば、どこまでできるか……」

「代官様に訴えたらどうだと兄さんはいってますけど、どうやって訴えたらいいのかわからないんです」

兼四郎はしばらく考えてから、おけいを見た。

「おまえさんが昨夜《ゆうべ》話したことがほんとうなら、ただごとじゃない」

「わたしは嘘はいってません」

「ああ、そうだろう。じつはおれに考えがあるんだ」

おけいは目を見開いて興味を示した。

「二、三日、待ってくれねえか。ちょいと御番所にツテがあってな。相談してみようと思うんだが、どうだ」

これは適当な作りごとだった。

「でも、御番所は頼りにならないと昨夜《ゆうべ》いわれたんじゃ……」

「たしかに長崎村は御番所の調べの入らねえところだ。だがよ、御番所にも遠在方まで出張《でば》る役人がいるんだ」

「ほんとに……」

「ああ、だからちょいと相談してみる。順次が帰ってきたら、そういっておいてくれるか。村に戻ったばかりに、ひどい目にあったら元も子もないだろう」

「あんたも心苦しいだろうが、もう少しここに置いてもらえ」

「あ、はい」

兼四郎は順次の長屋を出ると、橘官兵衛《たちばなかんべえ》に相談し、いっしょに長崎村に行こうと心を決めた。もやもやした気持ちを抱えているのは自分らしくない。長崎村で何が起きているのか、たしかめるべきだ。

官兵衛は信用のおける仲間で、剣の腕も立つ。ゆえに、兼四郎はときどき岩城升屋の九右衛門から受ける仕事を手伝わせている。

その仕事は江戸界隈《かいわい》に跳梁跋扈《ちょうりょうばっこ》する悪党を成敗《せいばい》することだ。

升屋は一件につき二十両を払ってくれる。一日で終わろうが一月《ひとつき》かかろうが報酬《ほうしゅう》は同じだが、人の道に背《そむ》く悪党をのさばらせておくのは世のためにならない。

それが司直の手の届かぬ場所なら、自分たちが代わりにやるしかないという信念が、兼四郎にはあった。

升屋がなぜそんな〝仕事〟を持ちかけてくるのかというと、じつは升屋に一度賊が入り、奉公人を殺されたという経緯《いきさつ》があるからだった。

升屋九右衛門は心底憤《いきどお》り、悲しみ、辛い思いをするうちに、いくら荒れた世の中であっても、法が悪党を成敗しきれないなら自分で何とかするしかないと、財力に物をいわせて兼四郎たちを使っているのだった。

　自宅長屋に一度戻り、楽な着流し姿となって家を出ようとしたとき、升屋の使用人、定次《さだじ》が戸口にあらわれた。

「いいところに来た。じつは気になることがあって、おまえと官兵衛に手伝ってもらおうと考えていたところなんだ」

「は、なんでしょう？」

　兼四郎はおけいから聞いた話をざっとしてやった。

「それじゃ、うちの旦那が気にしていることと同じかもしれません。あっしは詳しいところまで知らないんですが、そんな話を隆観和尚と旦那が相談しているんです。それで、八雲の旦那にも聞いてもらいたいから、寺に来てくれといわれてんですが……」

「升屋が同じ話を……」

　兼四郎は眉宇《びう》をひそめた。

「いや、よくわからないんですが、とにかく旦那を呼んでこいといわれましてね」

「栖岸院に行けばいいんだな」

「へえ、あっしも行きますんで」

「ならばそっちを先にしよう」

「先にって、何かやることがあったんですか？」

「いや、官兵衛に会おうと思っていたところなんだ。ま、それは後まわしだ」

そのまま兼四郎は定次と栖岸院に向かった。

五

兼四郎が栖岸院の母屋を訪ねると、奥座敷で隆観と九右衛門が向かい合って、何やら深刻そうな顔をしていた。

兼四郎に気づいた隆観が、

「これはこれは、お待ちしておりましたぞ。ささ、これへ」

と、目の前にうながした。

兼四郎が九右衛門を見ると、軽く頭を下げた。いつになく表情が硬い。

「お呼びだてして申しわけありませんが、どうにも気になることがありましてな。それで今朝、升屋さんがお見えになって、あれこれ話をしておりますと、妙なことを聞いたのです」

「妙なこと……」

兼四郎は隆観を見る。

いつもより、耳の穴からはみ出している毛が多い気がする。

「ここ数日、寺で奇妙なことがありましてね。どうにも寝つきが悪いし、いやな予感がして胸のざわつきが治まらないのです。まずは本堂の仏像が倒れたことにはじまります。それから木魚を叩いておりますと、棒が折れます。勤行のあとに履いた、おろし立ての草履の鼻緒《はなお》も切れました。ま、茶を……」

隆観は話を中断して、小僧が運んできた茶を勧めてからつづけた。

「それから扇子を帯から抜いたとき、その扇子が手からこぼれたのです。普段なら手許が狂ったのであろうと気にしないのですが、そのときはわたしの手を嫌がるように、するりと落ちたのです。いったいどういうことだろうかと考えておりますと、今度は本堂の仏像がまた倒れそうだといって、うちの小僧さんが青い顔でやって来ます。見に行きますれば、観音菩薩が傾いていまにも倒れそうになっていたのです。すぐに直しましたが、あることに気づいたのです」

兼四郎はまっすぐ隆観を見つめながら、つぎの言葉を待つ。

「倒れそうになっていた観音菩薩も、その前に倒れた仏像も、そしてわたしの手からこぼれた扇子も、みな同じ方角を向いていたのです」

「方角……」

「乾を向いていたのです。つまり戌と亥の間……」

北西方向ということだ。

「その方角が気になるのですか？」

「気になりました。だからお経をあげて、その夜は床に就《つ》いたのですが、真夜中に鳴きはじめた鴉《からす》が朝まで騒がしく鳴きつづけたのです。わたしの勤めを仏様が戒《いまし》めておられるのではないかと思い、今朝は一心にお経をあげました。そのあとで、升屋さんが遊びに見えまして、世間話をしているうちに異なことを聞いたのです」

「異なこととは……」

兼四郎は升屋九右衛門を見る。

「店に出入りしている腕のいい染物屋がいるんです。義助さんとおっしゃる職人です。月に二度ばかり清戸に染料を採りに行くんですが、その道中で立ち寄る小さな宿場があるそうなのです。江戸に近い長崎村なのですが……」

「長崎村」

兼四郎は思わずつぶやいて眉宇をひそめた。

「さようです。そこは宿場と呼べるほどではないといいますが、十数軒の茶屋や飯屋、万屋などがあるらしいのです。それで、先日立ち寄ろうとしたところ、どこの店も揃ったように表戸を閉め、ひっそり静まり返っていたそうなのです。おかしいと思い、出会った百姓に町のことを聞いてみると、その町に行った男や女が帰ってこないばかりか、川に子供の死体が浮いていたり、村の大きな木に骸《むくろ》が吊るされていたというのです。その話を和尚様にしたところ、それは大変なことが起きている証《あかし》で、もっと悪いことが起きているはずだとおっしゃるのです」

「今朝の勤行で乾の方角に祈りを向けますと、無道・凶悪という卦《け》が、まざまざと瞼《まぶた》の裏に浮かんだのです。長崎村はこの寺から、まさに乾の方角」

九右衛門の言葉を受けて、隆観がそういった。

「ちょっとお待ちを。じつはわたしの店に、長崎村から逃げてきた女が来たのです」

「なに、長崎村から……」

隆観が驚いて兼四郎を見た。

「贔屓の客の妹で、おけいという百姓の女房です」

兼四郎はそう前置きして、おけいから聞いたことをそっくり話した。

隆観と九右衛門は、固まった地蔵のように耳を傾けていた。

「やはり、長崎村で不吉なことが起きている証であろう」

兼四郎の話を聞いた隆観がうめくような言葉を漏らすと、九右衛門がまた口を開いた。

「義助さんの話を耳にしたあとで、店の奉公人に訊ねたのです。その奉公人も長崎村から来ておりますので、何か知っているか、実家から知らせを受けているのではないかと思ったのですが、その奉公人は何も知りませんでした。一口に長崎村といっても、広いようなのです。椎名町という宿場を知っているかと尋ねたら、知っておりましたが、その奉公人の家は、椎名町のずっと北にある板橋宿《いたばししゆく》に近いので、わからないといいます。それどころか、悪い噂を面白がって流している者がいるのではないかと気にも留めません。しかし、わたしは義助さんの話がどうにも引っかかりましてね」

九右衛門は兼四郎と隆観を交互に眺めた。

「八雲殿、どう思われます？」

隆観が兼四郎に問うた。

「じつは、長崎村に行こうと考えていたところです」

隆観と九右衛門は同時に顔を見合わせた。

「和尚が胸騒ぎを覚えたのは、何かの虫の知らせであろう。それに、升屋の話とおけいから聞いたことを考え合わせると、単なる悪い噂だとは思えぬ」

兼四郎は市井《しせい》で暮らす浪人で、かつ商売をやっている手前、相手次第で言葉つきを変える。

「店の客の妹であるし、その妹は村に帰るのを怖がっている。まずは調べてみようと思っていたのだ」

「極悪非道の行いがほんとうにあったならば、いやいや、すでに行われていると考えるほうがよいか。いずれもそれは人間の仕業《しわざ》に外《ほか》ならぬはず。八雲殿、これまでの悪党とちがい、手強いかもしれませぬぞ」

「怖れるなら、浪人奉行は務まりますまい」

兼四郎は口の端に小さな笑みを浮かべた。

浪人奉行――そう命名したのが隆観だったからだ。その隆観は、兼四郎が出会ったときに、こういった。

――人並み外れた剣の腕がありながら、それを腐らせることはないでしょう。

その腕を活《い》かすことは、八雲殿自身を活かすこと。

そういったあとで、法の目をかいくぐって悪事をはたらく外道《げどう》を成敗してもらいたいという升屋九右衛門の願いを、

——天の定めと思い、請けてみるのも悪くないはず。

と、いった。

「八雲様、心してお願いいたします」

九右衛門が真剣な面持《おもも》ちで頭を下げた。

六

内藤新宿下町《ないとうしんじゆくしもちよう》、水番屋敷《みずばんやしき》のそばにある長屋が女按摩師《おんなあんまし》、百合《ゆり》の住まいであるが、橘官兵衛はその家に入り浸っている。半ば押しかけるようにして住みはじめたが、百合はむちむちと太った体同様に鷹揚《おうよう》な女だった。

それに官兵衛と相性がいい。なにもかもだ。百合もそれがわかっているらしく、官兵衛を邪険《じやけん》に扱うことがない。

その日、官兵衛が昼寝をしていると、揉み療治《りようじ》を終えて百合が帰ってきた。

物音に気づいた官兵衛は目を細く開けて、百合を見たが、そのまま瞼《まぶた》を閉じて

夢のつづきに入ろうとした。大きな腹をさらけ出し、足を広げたみっともない寝相だ。

「なんだい、寝てるのかい」

百合が近づいてきた。

「いい陽気だものね。天気はあまりよくないけど……」

百合は独り言をいいながら、着替えにかかる。帯をほどき、薄衣《うすぎぬ》一枚になる。官兵衛は小さく目を開けて、その様子を眺めた。

むっちりした体が眼前にある。腰のくびれはないが、太股《ふともも》といわず肉づきのよい体は葱《ねぎ》のように白く、餅《もち》のようにやわらかい。

百合がこちらを向いた。大きな乳房が桃色だ。

「なんだ、起こしちゃった」

「もう終わったのか」

「今日は一件だけで、他の約束はないのよ」

百合はそう答えて、楽な小袖《こそで》に着替えるために衣紋《えもん》掛《か》けに手をかけた。

「百合、待ちな、こっちに来な」

百合が顔を向けてきて、やんわり笑い、薄衣のままそばに来て座った。官兵衛はすぐに手をつかんで引き寄せる。唇を重ねる。百合は嫌がりはしない。

「まだ昼間だよ」

「好きなくせに……」

官兵衛は百合を横に倒して上になる。

百合が官兵衛の寝間着《ねまき》を剝《は》ぎ取ってくれる。

あとは意気投合《いきとうごう》して抱き合う。官兵衛はたまらない。百合のやわらかな肌に顔をうずめ、豊かな乳房を弄《もてあそ》ぶ。百合が小さく唇を開け、少しずつ呼吸を乱す。

「おまえってやつは、なんていい女だ」

「あんたもいい男よ」

「嬉しいことをいいやがる」

百合が子供をあやすように官兵衛の太った体を撫で、顔を両手で包み込んだ。

「聞いていいかい？」

「何をだ？」

「前から気になっていたんだけど、これ、どうしたんだい？」

それは官兵衛の左頰にある一寸ほどの古傷だった。その傷跡を百合が指先でいたわるように撫でる。

「前にも話したじゃねえか。やんちゃが祟《たた》ったんだと」

　ほんとうは別れ話がもつれて、女に切られたのだった。

「もういい大人なんだから。やんちゃはおよしよ。わたしを心配させることしちゃいやだよ」

「わかっているよ」

　そのまま二人はひとつになる。

　窓は開け放してあり、男女のむつみ合う蒸《む》れた空気が風にかき乱される。百合も大柄で太っているが、官兵衛もよく肥えている。いつしか二人は汗にまみれて大きな潮を迎えた。

「もうやだよ」

　事が終わり、百合は着衣《ちゃくい》を整えながら拗《す》ねたようにいうが、その顔は満足げである。

　官兵衛は煙草盆《たばこぼん》を引き寄せて煙管《キセル》を吹かす。

「今夜は何かうまいもんを食いてえな」

「鰻《うなぎ》でも食べに行くかい。あんたといると精をつけなきゃならないからね」

　小さなことにこだわらない百合の鷹揚さは、官兵衛の気に入るところだ。

「それじゃおれが奢《おご》ってやろう」

「あら、無理しなくてもいいのよ。わたしは三人前食べちまうんだから」

「いいってことよ」

官兵衛が笑って答えたとき、戸口から声がかかった。官兵衛には定次だとすぐにわかったが、百合が応対して戻ってきた。

「お仲間だよ。急ぎの用があるらしいわ」

官兵衛は煙管の雁首《がんくび》を、コンと灰吹《はいふ》きに打ちつけて腰をあげた。淫靡《いんび》な臭いでもするのか、戸口に立っていた定次が鼻をヒクヒクさせていた。

「急ぎって大急ぎの用かい？」

「大急ぎってほどのことじゃありませんが、旦那が会いたいといってるんです。一仕事ですよ」

「どんなことだ？」

官兵衛は定次を表に連れ出して、あらましを聞いた。

「そうか、それじゃゆっくりしてられぬな。よし、すぐに行く」

官兵衛はそのまま家のなかに戻り、

「百合、ちょいと急ぎの用ができた。鰻は後まわしだ」

「あら残念。でも、鰻は逃げやしないから今日でなくてもいつでもいいわ。大事な用なら行っておいでな」

百合は深く穿鑿《せんさく》しないから助かる。

官兵衛は手早く着替えると、大小を手にして長屋を出た。

一度、暗い鼠色の空を仰ぎ見、

「まさか、これから一仕事ってわけではないだろうな」

と、独り言をいって兼四郎の待つ茶屋に足を向けた。

第二章　死の村

一

そこは長崎村を東西に走る清戸道から北へ少し行った、鼠山《ねずみやま》と呼ばれる場所だった。以前は、長崎村に給地を持つ旗本・太田《おおた》某氏の屋敷が建っていたが、いまはない。

その鼠山の百姓家で、長谷川佐蔵《はせがわすけぞう》は自分の番頭としてはたらいている伝兵衛《でんべえ》と、ゆっくり茶を飲んでいた。

開け放された縁側から夕風が入ってきて、行灯《あんどん》のあかりを揺らしている。

「それで、いくらあれば用は足りる?」

佐蔵は片頬を撫でながら、でっぷり肥えた伝兵衛を見る。

「ざっと見積もっただけですが、新しく建てるとなれば、三百両から四百両というところでしょうか。店にはその他にあれこれと物を入れなければなりません。茶簞笥《ちゃだんす》や火鉢《ひばち》、水まわりの甕《かめ》、皿や丼《どんぶり》などの器、布団もいるでしょうし、看板や暖簾といったものもあります」

「ならばいかほどになる。大雑把《おおざっぱ》でよい」

「仮に建物に三百両としますれば、その他に百両はいるでしょう」

「すると四百両、余裕を見て五百、いや六百両といったところか……」

「六百両もあれば十分でしょう。立派な店ができます。使用人はこのご時世ですから、声をかければいくらでも集まるでしょう」

「品の悪い者はいらぬ。女は若くて器量よしだ」

「まあ急ぐことはないでしょう。ゆっくり支度をするうちに、使用人の数も決められるはずです」

伝兵衛は算盤《そろばん》を持ったまま、細くほころんだような目を、さらに細めた。

「おぬしがいて助かるが、下手《へた》なことはできぬ。周到に事を運んで、なんとしてでも江戸一番の料理屋を作るんだ。腕のいい料理人にもあたりをつけなければならぬ。これはと思うやつがいたら、他の店からでも引き抜くか……」

佐蔵は宙の一点を凝視《ぎようし》し、自分の夢に思いを馳《は》せる。

旗本の次男に生まれた佐蔵は、部屋住みとして長年暮らしてきたが、もう懲《こ》り懲《ご》りであった。養子縁組はうまくいかず、家の者には厄介者《やつかいもの》扱いをされてきた。もっとも、これは武家の次男三男にはよくあることで、さして気には留めていなかったのだが、とある旗本の娘婿《むすめむこ》にという話があった。

娘は我が目を疑うほどの美人であったから、それならば養子縁組も悪くないと思った。

ところが、その娘ときたら傍目《はため》は美人であるが、鼻持ちならぬ女で、佐蔵を蔑《さげす》み邪険に接する。大名家のお姫様気取りも甚《はなは》だしく、意見をしようものなら汚い言葉でまくし立てて罵《ののし》る。

その悪罵《あくば》に辟易《へきえき》した佐蔵はついに堪忍袋《かんにんぶくろ》の緒を切らし、罵詈《ばり》雑言《ぞうごん》を吐き打擲《ちようちやく》した末に、その親までたたき伏せて飛び出した。

五年前のことだ。実家からは当然の勘当で、あとは飲む打つ買うの三拍子《さんびようし》。落ちるところまで落ち、喧嘩三昧《けんかざんまい》。

剣の腕は並ではないので負けたことがなく、いつしか〝蜥蜴《とかげ》の佐蔵〟と呼ばれるようになった。

蜥蜴はさっと目にも止まらぬ速さで舌を出して獲物を捕る。その舌の動きに佐蔵の必殺技が似ているからだった。

放蕩《ほうとう》暮らしをつづけているうちに、自《おの》ずと仲間ができた。伝兵衛もそのひとりだった。

そして、佐蔵は大きな夢を抱いた。吉原《よしわら》で遊んだときに、その傾城屋《けいせいや》に負けぬ店を作ろうと思い立ったのだ。


「しかし、こんな田舎にいては大きな儲《もう》けはできないのではありませんか」

伝兵衛の声で、佐蔵は現実に戻った。

佐蔵はゆっくり視線をめぐらして伝兵衛を見た。

「わかっているさ。だが、ここは手はじめだ。ある程度の元手ができれば、他に移る。さしずめ板橋宿あたりがいいのではないかと考えている」

「板橋でございますか」

「あそこには飯盛宿《めしもりやど》もあれば、大きな旅籠《はたご》もあるし、商家の数も並ではない。稼ぐにはもってこいの地だ。果たしていかほど稼げるかわからぬが、すべての情けを捨てればできぬことはない」

佐蔵はキラッと目を光らせる。

人を制し、服従させるには非情でなければならぬと、自分にいい聞かせている。実際そのように振る舞っていた。いまや手下となった仲間は、誰も逆らわないし、佐蔵が白いものでも黒といえば、黒というほど従順だ。

「佐蔵さんのおっしゃるとおりにします。もうよそ見などせずについてまいりますので、どうか見捨てないでくださいませ」

「何をいまさらそんなことを。おぬしがいなければ、大きな商いはできぬのだ。そうであろう。しかし、店のほうはどうなっているんだ。そろそろやつらは支度を終えただろうか」

店というのは、勝手に乗っ取った椎名町にある店のことだった。

「明日から店を開けるといってありますので、忙しくしているのではないでしょうか」

「早くしないと、妙な噂が広がるかもしれぬ。江戸の外れの田舎といえど、人の通りもあれば、村の百姓もいるのだ。変な噂が立てば面倒なことになるやもしれぬ」

さあ、酒でも飲むかと、一升徳利《いっしょうどっくり》に手をのばしたとき、戸口が小さくたたかれた。すぐに「銀次《ぎんじ》です」と、仲間の声が聞こえた。

「入れ」

返事をすると、銀次が肩を払いながら入ってきた。

「ぽつぽつ来ましたぜ。こりゃあ明日は雨です」

「店のほうはどうした？」

「支度はほとんど終わりましたんで、明日から開けられます。それより土産《みやげ》を連れてきやした」

銀次はそういってから、表に「おい、入れるんだ」と声かけた。

承五郎《しょうごろう》という手下に脅されながら、男と女が入ってきた。

男は商人風だ。風呂敷《ふろしき》包みを背負っていた。女は女房らしいが、ずいぶん若い。それに見目も悪くない。

「その風呂敷はなんだ？」

佐蔵はすっかり怯《おび》えている男を見た。

「商売の品です」

「その品はなんだ？」

「へえ、紅と白粉《おしろい》です。川越《かわごえ》に持って行く途中でございまして……」

男はおどおどしながら、逃げ場を探すように目を彷徨《さまよ》わせる。

「日の暮れたあとだというのに、ご苦労なことだ。置いていけ」

「ヘッ」

「置いていけといってるんだ！　聞こえねえのか！」

一喝《いっかつ》すると、男は小さな悲鳴を漏らして、さっと上がり口に風呂敷包みを置いた。

「承五郎、そいつは用なしだ。送ってやれ」

佐蔵に指図された承五郎は、顎《あご》をしゃくって男を表に連れ出した。女もつられて動こうとしたが、

「おまえは待て」

と、佐蔵が引き留め、鋭く光る切れ長の目で女を品定めした。

「年はいくつだ？」

「二十一です」

女はふるえ声で答えて、後生《ごしょう》だから何もしないでくれという。

「あの男の女房か？」

「は、はい」

「名は？」

「つ、つると申します」

「よし、おまえはここに残るんだ」

おつるが「えっ」と、目をみはって驚き顔をしたとき、表から「うわぁ」という悲鳴が聞こえてきた。

二

麹町から長崎村までは二里に満たない距離である。

兼四郎は、様子を見るだけなら早めのほうがよいと考えていたが、出発を少し遅らせ、翌朝早く四谷《よつや》御門外で官兵衛と定次と落ち合い、長崎村に足を向けた。

出発を遅らせたのは、順次の妹おけいに、いくつかたしかめることがあったからだった。それはおけいの家の場所と、長崎村の大まかな地理、そして椎名町の様子などだった。

兼四郎たち三人は、四谷から市ヶ谷《いちがや》の武家地を抜け、高田馬場《たかだのばば》を過ぎた先にある神田上水《かんだじょうすい》をわたったところで一休みした。上水に架かっている面影橋《おもかげばし》のすぐそばだった。

「雨が降りそうだな」

官兵衛が暗い空を見あげていう。

昨日から江戸の町は鉛色《なまりいろ》の雲で覆われていたが、いまはその色がもっと濃くなっている。

「降られたら長崎村に泊まりますか?」

定次が話を合わせる。

「旅籠はないと聞いている。降られたらどこかで雨宿りをするしかなかろう」

兼四郎は持参のにぎり飯を頬張《ほおば》った。

茶屋の女が湯呑みに茶をつぎ足しに来る。

「今日のうちに帰りたいが、雨は勘弁《かんべん》願いたい」

官兵衛は脇のあたりをぽりぽり搔《か》きながら顔をしかめる。

「百合という女とはうまくいっているのか?」

兼四郎は官兵衛を見る。

「うまくいきすぎだ。あんな性の合う女は他にいない」

官兵衛はにやけた顔になる。

官兵衛は兼四郎が知りあったときには、いまのように太ってもおらず、頬もこけていた。それがいまや肉づきがよくなり、体と同じように顔がまるくなってい る。剃刀《かみそり》のように鋭かった目は、糸のように細くなっていた。

「いっそのこと夫婦《めおと》になったらどうだ」

「考えてはいるが、先の話だ。夫婦契《ちぎ》りなどしなくても、いまのままで文句はないし、百合も何もいわぬからな」

「そういうが、百合はいっしょになりたいと思っているのかもしれぬぞ。心にもないことをいうのも女だ」

「いやいやあの女は鷹揚だ。それに嘘などつかぬ正直者だ」

「おのろけを……」

　定次が茶化し、クスッと笑う。

「これ定次、おれを冷やかす前におまえも女を作ったらどうだ。そういや兄貴は、どうなんだ？　店にいい女が来るのではないか」

　官兵衛は兼四郎のことを兄貴と呼んでいる。

「店の客に手を出したら、商売はそれで終わりだ」

「向こうからいい寄ってきたらどうするよ」

「そんなことはないさ。さ、行くか」

兼四郎は指についた米粒を嘗《な》め取って腰をあげた。

そのまま道を北へ辿《たど》ると、江戸川橋《えどがわばし》を起点とした清戸道に入る。この道沿いの村は将軍の鷹場《たかば》が多く、めざす長崎村に給地をもらっている旗本も鷹匠《たかじょう》だった。

終点の清戸までは五、六里ほどで、清戸界隈《かいわい》の百姓たちは早暁《そうぎょう》に農産物を江戸に運んで商いをし、帰りには下肥《しもごえ》を持って夕刻には村に帰って行く。

そんな百姓たちにとって、長崎村はちょっとした休息の場だと、兼四郎はおけいから聞いていた。

清戸道は幅五間ほどだ。将軍の鷹場があるから広く取ってあるのだろう。それでも道は雨で穿《うが》たれ、でこぼこしているし、大八車の轍《わだち》も残っている。下高田村《しもたかだむら》から下落合村《しもおちあいむら》に入る。ここから先は町奉行所の支配地から外れる。道の両側には畑が広がっているが、野良仕事をする人の姿もまばらで、土地も荒れているようだ。江戸近郊の村も飢饉のあおりを受けているのだ。

しばらく行くと、家の数が多くなった。もしやそこが長崎村の例の町ではないかと、兼四郎は目を凝らし、旅人や村の者はいないかと遠くへ視線を飛ばした。

雨に備えてか、簑笠《みのかさ》を着けた二人の男が前からやって来た。行商人のようだ。

「しばらく」

兼四郎が声をかけると、二人は足を止めた。

「つかぬことを訊ねるが、その先にあるのが椎名町という町だろうか？」

二人の男は同時に背後を振り返って、顔を戻した。

「さいです。一昨日《おとつい》はどの店も閉まっていましたが、いまは開いている店があります」

「さようか。いや足止めをして悪かった」

二人の男は物珍しそうな目を向けて、そのまま江戸のほうへ歩き去った。

兼四郎たちは椎名町に足を向ける。なるほど、茶屋や万屋、米屋などの店が道の両側に軒を並べている。しかし、開店しているところは少ない。

「家並みだけ見れば、ちょっとした宿場だが、それにしても閉まっている店ばかりだな」

官兵衛が歩きながらいう。

「この町の先まで行ってみよう」

三人はそのまま町の外れまで歩いて行った。

十数軒の店があると聞いていたが、数えてみるともっと多かった。それでも商いをしている店はわずかだ。

道を引き返し、万屋という看板を出している店を訪ねた。腰の低い男が出てきて、

「いらっしゃいませ。ご用なら何なりと承《うけたまわ》ります」

と、ぺこぺこ頭を下げる。

「店を閉めているところが多いな。どうしたことだ？」

「みんないなくなっちまうんです。夜逃げする者はあとを絶ちません。村を捨てて逃げる百姓もいます。なにせこのご時世です。それなのに百姓たちには助郷《すけごう》がまわってきます。作物は取れないのに、人と馬を出さなければなりません。その間畑仕事は休まなければなりませんし、実入りは何もありません。ただでさえ貧乏なのに、稼ぎが少なくなれば、誰でもいやになります。村から人がいなくなれば、この町に落ちる金もその分減りますから、はあ、やれやれです」

万屋の主は滑らかな口調で話して、ため息をついた。三十半ばで棒縞《ぼうじま》の着物に前垂れ。髷《まげ》はうすいがきれいに櫛目《くしめ》が入っていた。

「この店はひとりでやっているのか？」

「女房と子供がいますが、江戸に出稼ぎに出ています」

「じつは妙なことを聞いてな。この町に得体《えたい》の知れない浪人どもがやって来て、

人を殺したというのだが……」

兼四郎はじっと主を見る。

「それは知りません。しばらく店を休んで、女房子供といっしょに江戸に行っておりましたので、はて、そんな怖ろしいことが……」

主は目をまるくした。

「村のほうにも首吊り死体があったとか、子供が川に浮いていたという話を耳にしたが……」

「そんなことが、ほんとうでございますか」

主は驚き顔で目をしばたたく。

「知らないなら他をあたってみよう」

「あのお侍様は、お役人で……」

「ま、そのようなものだ」

官兵衛が応じて、主の名前を聞いた。

「藤吉《とうきち》と申します」

兼四郎たちはそのまま万屋を出た。

「殺しがあったならば、とうに噂になっているだろうに、あの藤吉という男が知らないのはおかしくないか」

官兵衛が歩きながらいう。

「うむ」

兼四郎はすぐ先にある茶屋に目を注いでいた。ひとりの女が床几《しょうぎ》で休んでいる旅人に茶を出しているところだった。

（おけいの話が嘘でなければ、殺しのことは誰もが知っているはずだ）

兼四郎はおけいを疑うわけではないが、もう少し聞き込みをしようと茶屋に足を向けた。

雨がぱらぱらと音を立てて降ってきたのは、そのときだった。

三

佐蔵は縁側に立ち、降りはじめた雨を眺めていた。

庭先にある紫陽花《あじさい》の葉が、雨を受けて揺れていた。

「ついに降ってきましたね。町に行くのは後まわしにしますか」

座敷から伝兵衛が声をかけてくる。

「そうだな。様子を見てからにしよう」

佐蔵は座敷に戻って座ると、おつるに茶を淹《い》れるようにいいつけた。小間物商の夫を殺され、その家に取り残されたおつるは、下女ばたらきをしていた。

「開けた店は四軒だったな」

佐蔵は伝兵衛を見る。

「それが手いっぱいです。なにせ人がいませんから……」

「仕方ないだろうが、四軒では少なすぎる。長くこの町にはとどまれぬな」

「と、おっしゃいますと……」

伝兵衛が額にしわを走らせて見てくる。

「ここには空き店を入れて十七軒の店があった。それが突然四軒に減ったというのでは、誰もが不思議に思うだろう。村の者だってあやしむ」

佐蔵はそういったあとで「やり過ぎたか」と、小さく舌打ちをした。

「いっそのこと、店を開けずにそのまま放っておいたほうがよかったかもしれませんね」

佐蔵は伝兵衛をにらむように見た。いまさら何をいいやがると思ったが、口には出さなかった。

おつるが淹れた茶に、佐蔵は黙って口をつけた。そのとき、戸がたたかれて藤吉が土間に入ってきた。

「どうした？」

佐蔵は湯呑みを持ったまま藤吉を見ると、

「なんだか変な野郎があらわれたんです。役人ですかと聞くと、そんなもんだといいます」

藤吉は座敷の上がり口に両手をついていう。

「そんなもんだと……」

「へえ、この町のことをあれこれ聞きまして、木に吊るした骸のことや川に放ったガキのことも知っていやした」

佐蔵は短く視線をめぐらしてから藤吉に顔を戻した。

「そいつはひとりか？」

「いいえ三人です。二人は浪人のような侍で、ひとりはその二人の手先のようです」

「おまえはそいつらと話したのか？」

藤吉はやり取りをそっくり話した。

「まさか役人ではないだろう。御番所の役人はここまで来ないはずだ。だったら……」

　佐蔵は剃《そ》り立ての頰をゆっくり撫でて考えた。

「もしや火盗 改《かとうあらため》では？」

　伝兵衛が顔をこわばらせる。

「そんなことはない。火盗改に追われるようなことはしておらぬ。藤吉、そいつらはいまどこにいる？」

「わかりません。しばらく見張っていたんですが、途中で見えなくなったんで……。どうします？」

「店はどうしたんだ？」

「雨が降ってきたんで閉めました。またあいつらが来ても、いいわけになるはずです」

「おまえは店に帰れ。それから様子を見るんだ。できれば、何者なのか探りを入れろ」

「わかったらどうします？」

「知らせに来い。行け」

　佐蔵に指図された藤吉は、急いで戸口を出て行った。

「役人じゃないだろう」

「だったら何でしょう？」

伝兵衛が固い表情を向けてくる。

「とにかく様子を見るしかない」

「あのぉ……」

座敷の隅にいたおつるが、小さな声を漏らした。佐蔵がそちらを見ると、

「わたしはいつまでここにいればいいんです」

と、泣きそうな顔をする。

「しばらくだ。悪いようにはせぬ」

「うちの亭主はどうなったんです？」

「亭主のことは忘れるんだ。おまえはこれからおれたちと暮らすんだ」

「そ、そんな……」

「来《こ》し方《かた》のことは忘れろ。いい暮らしをしたければ、おれのいうとおりにするんだ。逆らえば、殺す。逃げようと思うな。逃げても必ず捕まえて殺す。そう心得ておけ」

佐蔵は蛇《へび》のように冷たい目をおつるに向け、抑揚《よくよう》のない低い声でいい聞かせ

た。おつるは蒼白《そうはく》な顔で体をふるわせていた。だが、勇を鼓《こ》したように両手をついて、

「お願いです。帰してください。わたしが何をしたというんです。何か悪いことをしましたか。何もしていないはずです。どうして、わたしをここに……」

　おつるは涙を流しながら短く嗚咽《おえつ》した。

「泣いたらおれの気が変わるとでも思うのか。おれは女の涙にはほだされぬ。あきらめてここにいろ。それがおまえのためだ。茶を淹れ替えろ」

　おつるは両手をついたまま泣いていた。

「茶を淹れ替えろといってるんだ！」

　怒鳴られたおつるはびくっと肩を動かして、火鉢の上にのった鉄瓶《てつびん》に手を伸ばした。

「泣くんじゃない！　おれはめそめそする女が嫌いなんだ。泣くな！」

「は、はい……」

　おつるは口を引き結び、涙を堪《こら》えながら茶を淹れにかかった。

　表から地面をたたく雨の音が聞こえてきた。

四

兼四郎は官兵衛と定次と別れ、おけいの家を探していた。

おけいから聞いて作った粗末《そまつ》な地図を手にしているが、雨に濡れて湿っていた。野路は雨に烟《けぶ》り、遠くに見える小高い丘や森には霧《きり》がかかっていた。

田にも畑にも人の姿はない。田植えの終わった水田があるが、それも多くはなかった。雨を喜ぶように蛙たちが鳴いている。

千川上水《せんかわじょうすい》から分水された谷端川《やばたがわ》をわたり、金剛院《こんごういん》の西側の道を北へ辿る。しばらく行くと道が二つに分かれる三叉路《さんさろ》に来た。

どっちだと、地図に目を落とす。左に弁天社《べんてんしゃ》があるらしいので、左へ進む。なるほど小さな社《やしろ》があった。

兼四郎はそのまま道を北へ辿った。雨は強く降ったり弱くなったりを繰り返している。風もあるので、すでに着物はじっとり濡れていて、足袋《たび》も草鞋《わらじ》も雨を吸っていた。

近くに百姓家を見つけたので戸口で声をかけるが、返事はない。

戸をたたいて、

「おい、誰もおらぬのか?」

再度声をかけても、何の反応もない。

「おかしいな」

独り言をつぶやき、来た道を振り返る。

先ほども一軒の百姓家を訪ねたが、留守をしているのか応答がなかった。雨戸が閉め切られているのは、雨のせいだと思ったが、空き家になっているのかもしれない。

村の道を傘《かさ》を差して歩くのは、兼四郎だけだ。ところどころに家はあるが、人の姿はない。死んだ村にやって来たような錯覚《さっかく》に陥《おちい》る。

雨に濡れてにじんだ地図を頼りに歩くうちに、小さな神社を見つけた。地図にある浅間神社《せんげんじんじゃ》だ。

ここかと思って立ち止まり、あたりに視線をめぐらし、神社の東側につづく小道を辿るとそこに一軒の百姓家があった。

亭主の名は惣吉だと聞いている。兼四郎は戸をたたき、惣吉の名を呼んだが、先ほどと同じように返事はない。ためしに戸に手をかけると、するすると開く。

「御免《ごめん》、邪魔をするぞ」

兼四郎は暗い土間に入った。家のなかは暗く、しーんと静まっている。屋根や戸にあたる雨の音がするだけだ。

台所に行き、竈《かまど》に手をかざす。しばらく使われた様子はない。流しには茶碗をつけた桶《おけ》がそのままになっていた。

板座敷にあがり、一部屋ずつ見ていく。調度の品は少なく、粗末な着物がたたまれていたり、壁に掛けてあったりだ。寝間には布団がたたまれていた。

「惣吉……いないのか……」

家のなかに視線をめぐらして呼ぶが、やはり声は返ってこない。

おけいが話したとおり、惣吉は殺されたのかもしれない。兼四郎は目を光らせ、乾いている手拭いを拝借して、濡れた着物を拭いた。

そのまましばらく雨宿りをしながら考える。村には人がいない。万屋の藤吉がいったように、百姓たちは暮らしがきつくなって逃げたのかもしれない。飢饉以来、そんなことはめずらしくない。

居間に行くと蓋をしてある鍋があった。開けると、黴《かび》だらけになった薩摩芋《さつまいも》が入っていた。米櫃《こめびつ》の飯も黴だらけだった。数匹の蠅《はえ》が獲物を探そうとしているのか飛びまわっていた。

兼四郎は土間に下りて戸口に向かった。と、そのとき、背後でものの動く気配があった。刀の柄《つか》に手をやり、さっと振り返ると、天井の梁《はり》からアオダイショウがぶら下がっていた。蛇はそのままどさりと土間に落ち、床下に消えていった。

兼四郎はふっと、小さな吐息を漏らし、表に出た。

雨は小降りになっていた。

とにかく村の者に話を聞かなければならない。兼四郎は傘を差して、再び雨のなかに足を進めた。

五

椎名町を東西に貫く清戸道の南側は下落合村である。官兵衛と定次は様子を探るために、村に入っていた。

六、七軒のまとまった小さな集落があり、官兵衛と定次は片端から百姓家を訪ねていくが、どこも留守である。

「なんでこの村には人がいないんだ？」

官兵衛は定次を振り返る。これで四軒めだった。

「伊勢屋という万屋の親爺《おやじ》が、村を捨てて逃げる百姓がいるといってましたね。

ここもそうなんじゃないですか。椎名町も空き店《だな》ばかりだし」

「それにしてもおかしいだろう。ま、いい。つぎをあたろう」

二人は畦道《あぜみち》を辿り、つぎの家に向かった。

官兵衛は不意に、水の張られた田を見て立ち止まった。田には青い苗《なえ》が等間隔で植えられている。小さな雨粒を受ける田のなかには、蛙やオタマジャクシがいる。

「どうしました？」

「定次、田植えが終わっている。これは誰が植えたのだ？」

「誰って百姓でしょう」

「その百姓はどこにいる？」

定次は目をまるくした。

「住んでいる百姓がいるのはたしかだ。あの家に行ってみよう」

官兵衛は竹林のそばにある一軒の家を見て、足を進めた。

「おい、誰かおらぬか」

官兵衛は戸口の前で戸をたたき、声をかけた。返事はない。もう一度声をかけて耳をすますと、屋内に人の気配がある。

官兵衛は定次を振り返り、いるぞ、と囁《ささや》いた。

「邪魔をする」

官兵衛は力まかせに戸を開いた。雨戸を閉めてあるので暗いが、家のなかの様子はなんとなく見えた。

「誰かいるな。返事をしてくれ。あやしい者ではない。話を聞きたいのだ」

足を進めると、右側にある座敷の隅《すみ》に、ひとりの女が二人の子供を抱きかかえるようにして座っていた。怯えているようだ。

「橘官兵衛という旅の者だ。あやしい者ではない。この家にいるのはおまえたちだけか」

女は家の女房だろう。怯えた目をじっと向けてくる。二人の子供はその母親にしがみついていた。

「何もしないでください。ほしいものがあるなら勝手に持って行ってください」

女房はふるえ声を漏らした。

「ものをもらいに来たのではない。話を聞きたいのだ。怖がることはない。何もしないからこっちに来い」

「ほんとうだ。おれたちはこの村の様子を見に来ただけだ」

定次が言葉を添えると、女房は体に入っていた力を少し抜いた。

「それじゃ、お役人様で……」

「浪人奉行様の配下の者だ」

定次が躊躇《ためら》いもなくいう。

「浪人奉行様……」

女房は鸚鵡返《おうむがえ》しにつぶやいて、ゆっくり近づいてきた。二人の子供も母親に続く。

開け放した戸口から入る光で女房の顔があらわになった。三十前後で髪はほつれ、日に焼けた黒い顔をしている。

「この村で殺しがあったと聞いたのだ。何か知らぬか？」

官兵衛の問いに女房は目を見開き、唇を小刻みにふるわせ、

「う、うちの亭主が……」

というなり、両目から涙をあふれさせ短く泣いた。

「亭主がどうした？」

「く、首吊りを見つけて……それで……」

女房は切れ切れに話した。

亭主が近くの椎《しい》の木に下がっている死体を見つけたので、大変だといって近所の者と下ろしに行ったが、いくら待っても帰ってこない。

それで女房が心配になって見に行くと、喜助《きすけ》という百姓が真っ青な顔で走り寄ってきて、人殺しの鬼がいるから逃げろといった。

女房は自分の亭主のことを聞いたが、殺されたかもしれないという。

「人殺しの鬼とは何だ？」

女房はわかりませんと、首を横に振った。

「喜助さんが、とにかく逃げないとみんな殺されるというんです。でも、あたしゃ亭主が帰ってくると思って……待っていたんです。でも、日が落ちても帰ってきません。それからしばらくして、得体の知れない声がして、この家に近づいてきたんです。誰か人を捜しているふうでした」

「それでどうした？」

官兵衛は上がり口に手をついて身を乗り出した。

「喜助さんのいう人殺しなら大変だと思って、この子たちと押し入れに隠れたんです。それから誰かがやって来て、家のなかをうろついて出て行きました」

「どんなやつだった？」

女房は押し入れのなかにいたのでわからないという。

「その首吊りの骸はどうなった？」

「わかりません。木から下ろしたというのは喜助さんから聞きました」

「誰が吊るされていたんだ？」

「不動谷《ふどうだに》の伊吉《いきち》さんと梅助《うめすけ》さんと、梅さんの倅《せがれ》だったと……」

「その椎の木はどこにある？」

女房は人が吊るされていたという椎の木の場所を教えてくれた。

官兵衛と定次は土地鑑《とちかん》はないが、なんとかその椎の木の場所まで行った。しかし、死体などなかった。

「どうする？」

官兵衛は定次を振り返った。

「もう一度あの女房に聞いてみましょう。吊るされていた百姓の家を聞かなきゃなりません」

「そうだな」

そのまま二人が先ほどの家に戻ると、女房が子供を連れて戸口を出てきたところだった。これから親戚の家に行くという。

「木に吊るされていた者たちの家を教えてくれないか」

それなら途中だからと案内してくれた。

女房の名前はおしげといった。二人の幼子が怪訝《けげん》そうな目を官兵衛と定次に向けてくるが、目が合いそうになるとすぐ視線を逸らした。

官兵衛は歩きながらいくつかの問いかけをした。木に吊るされていた死体が見つかったのは、半月ほど前だったという。それから、おしげは亭主の帰りを待ちながら、隠れるように暮らしていたが、もう食べ物がなくなったと嘆《なげ》く。

少し先に分かれ道があり、おしげは雨に打たれながら子供二人の手を引いて南のほうへ去っていった。

官兵衛と定次はおしげに教えてもらった、木に吊るされていた百姓の家を訪ねたが、人は住んでいなかった。

「みんな、どこへ行ったんでしょう……」

定次がぼんやりつぶやいた。それから、何かを思い出した顔になり、

「死体が川に浮いていたというのはどうします？」

おしげはそのことを知らなかった。

「それも気になる。一度町に戻ろう。兄貴の調べも聞きたい」

官兵衛はきびすを返し、椎名町に戻ることにした。

周囲には田が広がっているが、田植えの終わった田と、まだ水を張っただけの田がまばらになっていた。道は雑木林をまわり込んだり、ゆるやかな坂を下ったり上ったりしなければならなかった。

短い坂道を上ったときだった。両側は雑木林で、雨も手伝って薄暗い道だったが、突然、黒い男があらわれた。

「おぬしら……」

男はうめくような声を漏らすと、いきなり抜刀して斬りかかってきた。

六

「うわっ」

悲鳴をあげて定次が坂下に逃げると、官兵衛は相手に傘を投げ、上段から振り下ろされてくる刀を抜きざまの一刀で撥《は》ね返した。

きーん！

鋼《はがね》の音が耳朶《じだ》をたたいたと同時に、相手は大きく下がった。

「なにやつだ？」

官兵衛は刀を八相《はっそう》に構えて問うた。

相手は黒い頭巾《ずきん》を被っており、目だけしか見えない。

そして何も答えず、無言で間合いを詰めてくる。頭巾にのぞく双眸《そうぼう》は尋常でない光を帯びており、殺気をみなぎらせている。

「何故《なにゆえ》の所業！」

官兵衛が怒鳴ると、一瞬、相手の目に戸惑いが浮かんだ。その隙《すき》を狙って官兵衛は右肩に撃ち込んだ。さっと、体《たい》を開いてかわされる。

官兵衛は間髪《かんはつ》を容《い》れずに突きを送り込む。相手はすり落として、逆袈裟《ぎやくけさ》に刀を振りあげてきた。

たまらず官兵衛が下がると、すすっと摺《す》り足《あし》を使って間合いを詰めてくる。

（こやつ、並の腕ではないな）

官兵衛は丹田《たんでん》に力を入れ、正眼《せいがん》に構えて間合いをはかった。

相手は足を止め、右にまわりはじめる。

降りつづける雨が官兵衛の肉づきのよい顔に張りつく。すでに汗をかいており、雨が頰をつたう。相手の頭巾も濡れていた。

「たあっ！」

気合い一閃《いっせん》、官兵衛は前に跳んで相手の面を斬ると見せかけ、踏み込んだ足に重心を移して胴を抜きにいった。

だが、相手は横に跳んでかわし、反撃の体勢を整える。そのときだった。何かが雨中を走るように飛び、相手の肩口にあたった。

定次が投げた石の礫《つぶて》だった。相手は怯《ひる》んだのか、さっと後ろに下がると、そのまま背を向けてそばの雑木林に飛び込んだ。

すかさず官兵衛は追ったが、林のなかに入ったとき、相手の姿はもう遠くにあった。

「くそ、なんて野郎だ」

刀にふるいをかけて道に戻ると、

「百姓たちのいう殺し屋だったのでは」

と、定次がこわばった顔でいった。

「手強い野郎だ」

官兵衛は吐き捨て、男が消えた雑木林をにらんだ。もう男の姿はどこにも見えなかった。

その頃、兼四郎は村の鎮守《ちんじゅ》だという十羅刹女神社《じゅうらせつにょじんじゃ》にいた。境内から呪文《じゅもん》を唱える女の声が聞こえてきたからだった。境内に入ると、本堂の庇《ひさし》の下でぬかずいて拝みつづけている女がいた。

兼四郎は近づいていって声をかけた。女はしわだらけの老婆だった。手を合わせたまま顔を向けてきたが、人を射るような鋭い目つきだ。

「鬼か……」

老婆は歯の欠けた口をくしゃくしゃ動かして、

「殺すなら殺しやがれ」

と、うめくような声を漏らした。

「何をしておる。おれは殺し屋ではない。村のことを調べに来たのだ」

「なんだと……」

老婆は目を剝《む》いて兼四郎をにらむ。

「この村に人殺しが来たと聞いたのだ。知り合いの百姓の家を訪ねてみたが留守だった。惣吉という百姓だ。女房はおけいというが、知らぬか？」

「惣吉……聞いたことがあるけど、あたしゃ知らないよ。あんたは何もんだ？」

老婆はゆっくり体を動かして、しゃがんだまま兼四郎を見あげる。

「浪人奉行だ」

老婆は眉根《まゆね》を寄せ、干《ほ》し柿《がき》のような顔のなかにある目を光らせる。命を惜しまないという意志が感じられた。あるいは生に執着《しゅうちゃく》していないのかもしれない。

「役人か？　嘘をついてるんじゃないだろうね」

「おれは嘘などつかぬ」

そういうと、老婆の体から緊張が解けるのがわかった。

「この村で何が起きているのか教えてくれないか」

「あたしにもわからないんだよ。だけど、人が殺された。災いが起きている」

「どういう災いだ？」

老婆は境内に視線を這《は》わせ、それからゆっくり立ちあがった。五尺に満たないほどの小柄で、腰が曲がっていた。手の甲にはしみが散らばり、血管が浮き出ていた。

老婆が本堂の階《きざはし》に腰を下ろしたので、兼四郎も隣に座った。

「何を聞きたいんだい？」

兼四郎はおけいと升屋九右衛門から聞いた話をした。

老婆はその間、枯れ枝のように細い手を組み合わせてじっと耳を傾けていた

が、

「みんな村を出て行った。村を捨てやがった」

と、つぶやいた。

「なぜ、そんなことを……」

「災いが起きるからだ。この村は呪《のろ》われている」

「どんな災いだ？　祟りでもあると申すか」

「祟られている」

老婆は濁《にご》った目を境内にある銀杏《いちょう》の木に向ける。

「どんな祟りだ？」

「鬼が棲《す》みついた。だからあたしゃ拝むしかない」

だめだ、この年寄りは惚《ぼ》けているのかもしれない。兼四郎はそう感じた。

「川に子供の骸が浮かんでいたと聞いたが、知っているか」

老婆がきっとした目を向けてきた。それから枯れ枝のような腕をのばし、一方を指さした。

「川だ。あの川だ」

そこから川など見えなかった。

「殺されたんだ」

「誰に？」

老婆は首を振って「鬼だ」と、短く答えた。

「婆さんは、その鬼を見たのか？」

老婆は首を横に振った。

「あんたはどこに住んでいるんだ？」

「みんな出て行った。あたしを置いて、逃げた。ちきしょー！」

最後は金切《かなき》り声で叫んだ。

兼四郎はため息をつかずにはおれなかった。大きく息を吸って吐き、

「邪魔をした」

と、老婆と話すのをあきらめた。

「どこに行くんだ？」

雨のなかに出ると、老婆が声をかけてきた。

「町だ。椎名町だ」

「……あんた殺される」

老婆は無表情につぶやくと、突然、悪寒《おかん》に襲われたようにぶるっと、小さな体

をふるわせた。

七

ぴかぴかっと青白い光が家のなかをあかるくした直後、耳をつんざく雷鳴《らいめい》がとどろいた。台所で飯を作っていたおつるが、ひッと、悲鳴を漏らして肩をすぼめた。それを見た佐蔵は小馬鹿にしたような笑みを浮かべて、煙管を吸った。

「藤吉はまだ来ぬか」

「藤吉のことも気になりますが、岸本《きしもと》さんと巳喜造《みきぞう》が遅いのでは……」

伝兵衛にいわれた佐蔵も、そのことが気になっていた。

岸本竜太郎《りゅうたろう》と巳喜造には、襲った商家で金を探させていた。椎名町には空き店を入れて十七軒の商家があった。その商家の稼ぎや溜め込んであった金のほとんどは回収したが、まだ探しきれない店があった。岸本と巳喜造はその店の家捜《やさが》しをつづけていた。

「まさか、金を持って逃げたのでは……」

伝兵衛が不安そうな顔を向けてくる。だが、佐蔵は取り合わなかった。

「やつらが裏切ると思うか。裏切ったらどうなるか、やつらは知っている。持ち逃げなどするわけがない。それに、どの店も小さい。徳屋はちょいとちがったが、他の店は似たり寄ったりであろう」

「そうおっしゃると、たしかにそうで……」

伝兵衛が胸を撫で下ろしながら応じたとき、また稲妻《いなずま》が走り雷鳴がとどろいた。台所仕事をしているおつるが、また小さな悲鳴を漏らした。

「あの女、よほど雷が苦手のようだ」

佐蔵は口の端に嘲笑《ちょうしょう》を浮かべておつるを見た。

そのとき、戸口がたたかれ岸本竜太郎が土間に入ってきた。遅れて巳喜造が箱を抱えて入ってきた。

「いまおまえたちのことを噂していたんだ。どうだった?」

「ありました。これです」

岸本竜太郎が答えて、巳喜造が抱えてきた箱を上がり口にどんと置いた。巳喜造は六尺近い大男のため、その箱はずいぶん小さく見えたが、実際は柳行李《やなぎごうり》ほどの大きさだった。

「面倒なんで、これに移し替えてきたんです」

岸本はそういって座敷にあがってきた。巳喜造も遅れてあがり、岸本のそばに座った。

「見せろ」

巳喜造が箱を片手で引き寄せ、佐蔵のほうに押しやった。

「小銭ばかりで、いくらあるかわかりませんよ。まあ、勘定は伝兵衛にまかせればいいんですが」

岸本はそういったあとで、ひどい雨にくわえて雷まで鳴りやがるとぼやいた。

佐蔵は木箱の蓋を開けて、なかをのぞいた。たしかに小銭ばかりだった。手ですくい取ってみると、一文銭が多い。一分や一朱などの金はまばらにしかない。

「床下に埋めてあったんで往生《おうじょう》しましたよ」

岸本がいうように顔や着物が泥で汚れていた。

「どこの店にあった？」

「飯屋と表具屋《ひょうぐや》です。飯屋にはたいした金はありませんでしたが、表具屋は床下に壺《つぼ》を埋めていました。その壺が割れたので、この箱に移したんです」

「伝兵衛、勘定してくれ」

佐蔵にいわれた伝兵衛が立ちあがり、木箱を部屋の隅に押しやって金勘定をはじめた。

「途中で誰かに会わなかったか？」

佐蔵は岸本と巳喜造を眺めて聞いた。

「いや、会いませんでしたね。用心して町の裏を抜けてきましたので……」

「役人らしい野郎が来ているらしいのだ」

「役人……」

岸本は巳喜造と顔を見合わせてから言葉を足した。

「まさか町方ではないでしょうね」

「わからぬ。来ているのは三人だ。二人は侍で、一人は手先のようだという。火盗改だとしても、おれたちは追われるようなことはしておらぬ」

「すると代官所の者では……」

「わからぬ。何か心あたりはないか？」

岸本は短く考えたあとで、役人に追われる覚えはないという。巳喜造も役人の世話にはなっていないと首を振る。

再び稲妻が走り、雷鳴がとどろいた。同時に戸口から飛び込んできた者がいた。三人組を見張っていた藤吉だった。

「こりゃ、みなさんお揃いで……」

藤吉は居合わせた顔ぶれを眺めてから言葉をついだ。

「佐蔵さん、やつら村を離れたと思ったら、また戻ってきました」

「それで何をしているのだ？」

「さあ、それは……」

藤吉は首をかしげる。

佐蔵は短く思案してから口を開いた。

「下手につつけばやぶ蛇になる。様子を見るんだ。いまどこにいる？」

「町です。お世津《せつ》の茶屋で油を売っています」

また佐蔵は短く考えた。

「もうすぐ日が暮れる。町には泊まるところはない。いずれ帰るだろうが、もし留まるようなら探りを入れろ。万が一、おれたちのことを嗅ぎまわっているのなら始末する」

佐蔵がそういったとき、またピカピカッと青白い閃光《せんこう》が屋内を満たし、激しい雷鳴がとどろいた。

第三章　雨の夜

一

おつるは米を研《と》ぎながら、格子窓《こうしまど》の向こうを見ていた。すでにうす暗くなっているが、木立の先に畑が見える。その先は小高い丘で細い道があった。雨のせいで表から流れてくる風が少し冷たくなっていた。

どうやってここから逃げることができるだろうか。逃げたい。こんなところにはいたくない。ここにいる男たちは、みんな怖ろしい悪党ばかりだ。亭主の丹兵衛《たんべえ》も生きてはいないだろう。

（きっと、殺されたんだわ）

胸のうちで叫ぶと、涙が出そうになった。

それでも亭主が生きていることを信じたい。虚《むな》しいことだとわかってはいるが、そう思うしかない。実際、どうなったのかわからないのだ。

「おつる、酒をくれるか。冷やのままでよい」

座敷から佐蔵が声をかけてきた。おつるは「はい」と蚊《か》の鳴くような声で応じ、一升徳利の酒を銚釐《ちろり》に移し替えて、佐蔵のもとに運んだ。

「鯵《あじ》の干物があったな。肴《さかな》にする。焼いてくれ」

「はい」

そのままおつるが立ちあがろうとしたら「待て」と、手をつかまれた。びくっと手を引こうとしたが、佐蔵の力にはかなわない。

冷たい目を向けられ、正視できずに視線を外すと、

「怖がることはない。すぐに慣れる。おまえをどうこうするつもりはない。悪いように考えるな」

脅迫する口調ではないが、それでも、おつるは怖くてしかたがない。

「おまえは磨けば、もっといい女になる。顔立ちも悪くないし、肌も若い」

おつるは二の腕を撫でられ、ぞくっと背筋が粟立《あわだ》った。

「化粧をすればいい女になる。小間物屋の女房にしておくのはもったいない。

……怖がることはない。笑ってみろ」

佐蔵に見つめられると、どうしても体がすくんでしまう。それでも無理に笑ってみた。泣き顔になったはずだ。

佐蔵はふんと鼻を鳴らして手を放し、肴を作れと命じた。

立ちあがると伝兵衛が、先に漬物を持って来いといった。おつるはうなずいて台所に下がる。佐蔵にさわられた腕が気色悪かった。その感触がまだ残っている。

戸口のそばに銀次という男がいて、自分を見張るように座っていた。他にもこの家に出入りする承五郎と藤吉、雲をつくように背の高い巳喜造、浪人の岸本竜太郎……。みんなの話を聞いていると、他にも仲間がいるようだが、この家に姿は見せていない。

この悪党たちはいったい何人いて、何をしようとしているのか、わたしをどうするつもりなのだろうかと、恐怖心とともに悪党どものことを考える。

漬物を小皿に盛って佐蔵と伝兵衛のもとに運び、竈の火を七輪に移し、鯵の干物を焼きにかかった。

佐蔵と伝兵衛は座敷でぼそぼそと話をしている。どんなことを話しているのか内容までは知れずとも、これまで聞いたことを考え合わせると、この村を離れたあと板橋宿に行ってひと稼ぎするらしい。どんな稼ぎ方なのかわからないが、まともなことではないだろう。

昼間、金が運び込まれたが、佐蔵は不満顔で、もっと稼がなければならないといった。

おつるは干物を焼きながら、変幻自在に形を変える炎を見つめた。そのとき、はっと頭に閃《ひらめ》いたことがあった。

男たちはこの村に役人らしい男が来ているといった。三人組らしいが、佐蔵は警戒している。おつるは自分を救ってくれる人たちかもしれないと思った。その人たちにこの家のことを教える方法はないものか、気づいてくれないだろうか。

閃いたのは煙だった。

すぐに竈を見た。おつるは薪《まき》を足した。煙は天井に昇り、漂い、隙間から表に流れる。台所の格子窓からも外に流れる。

三人の役人が煙に気づけば、この家を訪ねてくるかもしれない。薪をくべると竈のなかに煙が充満し、パチパチと爆《は》ぜる音がした。煙がもくもくと湧き出す。

「おつる、何をしておる。薪のくべすぎだ。煙くてかなわぬだろう。なにをやっておるんだ」

佐蔵の声が飛んできた。おつるはすみませんと謝って、勝手口の戸を開けた。そこからも煙が表に流れていった。

しかし、もう表は暗くなっているし、雨も降っている。煙は自分が考えているほど目立たないかもしれない。

戸口のそばにいた銀次がゴホゴホと咳き込み、

「そんなに薪を焚《た》くやつがあるか。煙くてしょうがねえだろう」

と、叱った。

おつるはまたしても謝ると、焼けた鯵の干物を佐蔵と伝兵衛のもとに運んだ。

「明日には雨がやむだろう。そうしたら板橋に移るか」

佐蔵がおつるには目も向けずにいう。

「知らせを待ってからでも遅くはないでしょう。明日にでも五右衛門《ごえもん》さんが戻ってくるでしょうから……」

「そうだな」

おつるは絶望に打ちひしがれつつ、台所に戻った。五右衛門という男がもうひとりいるのだ。

そのとき、戸口がたたかれ、藤吉という男が飛び込んできた。

銀次とおつるを見て、それから座敷に目を向けた。

「佐蔵さん、野郎ども町から出ずに一晩泊まるようです」

「なんだと」

「どうします?」

「泊まるってどこに泊まるんだね。近くの百姓家か?」

伝兵衛が聞いた。

「いえ、蔦屋《つたや》です」

二

兼四郎は蔦屋という茶屋の表に立っていた。雨に濡れないように庇の下である。

もうあたりは暗くなっている。目の前の通りは清戸道だ。右が江戸方面で、左が清戸方面である。

「どうしたんです?」

定次が横に来て怪訝そうな顔を向けてきた。

「おかしなことばかりだ。村にはほとんど人がいない。そしてこの小さな宿場のごとき町にも人がいない」

「この茶屋にはいますよ」

「ああ、万屋の伊勢屋にも藤吉という男がいた。乾物屋にも古着屋にもいる。だが、その四軒だけだ。それもこっち側の店のみ」

「たしかに」

通りを挟んだ向かい側には八軒の店があった。だが、どこも戸を閉め切り商売はしていない。

「今日、十羅刹女神社で婆さんに会った。一心に何かを拝んでいたのだが、この村には災いが起きる、呪われているといった。それからみんな自分を置いて逃げたようなことを口にした。鬼がいるともいった」

「鬼……」

「鬼が棲みついているといったのだ。それから、おれが殺されるとも……」

「旦那が……」

定次は目をまるくした。

「気がおかしいのだと思ったが、そうではないのかもしれぬ」

「とにかく店のなかに入りましょう。雨はやみそうにありません」

「そうだな」

兼四郎は定次のあとを追うように店のなかに入った。店といっても土間に数脚の床几を置いてあるだけである。その奥に住まいがあった。

店を切り盛りしているのは、お世津という女だった。三十路《みそじ》前の女で、田舎の茶屋の女房にしては垢抜《あかぬ》けた感がある。

「よかったな。こんないい女が泊めてくれるというんだから」

先に座敷で酒を飲んでいた官兵衛が、締まりのない顔を向けてくる。

「いい女だなんて、お世辞《せじ》でも嬉しいですわ」

板場から酒の肴を運んできたお世津が頬をゆるめていう。

「さ、八雲さんも定次さんもゆっくりしてください。それにしても、男の人がここにいるだけで頼もしいですわ」

「亭主はいつ帰ってくるのだ？」

兼四郎はお世津を見て訊ねる。

お世津の亭主は江戸に出稼ぎに行っているということだった。

「さあ、一月後か二月後か。はっきりわかりません。この店をわたしに預けるといって、逃げるように出て行ったんですから」

亭主に逃げられたような口ぶりながら、お世津はさばさばした物いいをする。茶屋の女房らしく前垂れに安っぽい木綿《もめん》の着物姿だが、すっきりした瓜実顔《うりざねがお》で目に色っぽさがある。

「罪な亭主だ。こんないい女房を置いていなくなるなんざ」

官兵衛があきれ顔で盃《さかずき》に口をつける。

「この町はもう終わりですよ。わたしも頃合いを見てここを離れようと思っているんです。なにせ商売になりませんからね。昔はよかったのに……」

お世津はひょいと首をすくめ、板場に戻りながら、

「いま飯が炊《た》けますから」

と、言葉を足した。

蔦屋というこの茶屋は、戸口から入った土間を店にして奥が住まいとなっていた。兼四郎たちはその一間にいるのだった。

「宿がないから困ったと思っていたが、こんないいところに泊まれるとは運がよい」

官兵衛はいたくお世津のことが気に入った様子だ。

「運がよいというが、不吉なことばかりではないか」

兼四郎は盃を手にして、銚釐の酒を手酌《てじゃく》する。

「この天気だ。明日雨がやめば、いろいろわかるだろう。村の連中がみんないなくなっているわけではないだろうからな」

官兵衛は気楽なことをいう。

「明日は少し足を延ばしてみましょう。この町の界隈に人がいないのはわかったんですから」

定次がたくあんをつまんで、ぽりぽりいわせる。

「さっき定次にも話したが、昼間会った婆さんが鬼がいるといったのだ。まさかほんとうの鬼ではないだろうが、官兵衛に斬りかかってきた男がそうかもしれぬ」

兼四郎はその話をすでに聞いていた。

「あの黒頭巾、忌々《いまいま》しい野郎だ」

官兵衛は昼間の襲撃を思い出して顔をしかめた。

「おけいは十人ぐらいの浪人がやってきて、この町の店をつぎつぎと襲ったというたのだが……」

兼四郎は板場で立ちはたらいているお世津をちらりと見た。

「お世津は知らないというし、伊勢屋の藤吉もそんなことはなかったという。小《お》田《だ》屋《や》という乾物屋もそうだったし、大和屋《やまとや》という古着屋もそうだ」

「そのおけいという女が出鱈目《でたらめ》を話したのではないか」

「まさか、そうは思えぬ。おけいは忠次という魚屋が殺されるのを見たのだ。他の店から逃げた子供も殺されたと……」

「木に吊るされた骸があったのはたしかなようですからね」

定次がいう。

「あの女が嘘をいっていなければ、殺しがあったのはほんとうだろう」

官兵衛も真顔で言葉を足した。官兵衛と定次は、死体が吊るされていたという木を、村の百姓女に教えてもらい見に行っている。

二人が黒頭巾の浪人に襲われたのはその帰りだった。兼四郎はそう聞いていた。

「しかし、この町にある商家の者は殺しがあったことを知らぬという。お世津も伊勢屋の藤吉もだ。おけいが嘘をいっているのか。あるいは、この町の者たちが嘘をいっているのか……」

「ここにいても気づかなかったということもあるのではないか。兄貴、明日調べればわかることだ。小難しい顔をしないで酒でも飲んで寝ようじゃないか。ここに泊まれるんだ」

官兵衛はまたしても気楽なことをいって酒をあおる。

「官兵衛、それなら升屋が聞いたことも嘘になる。升屋はこの町で起きた災いを染物屋から聞いているのだ」

「そうかもしれぬが……いま、そんな話をしてもはじまらぬだろう」

官兵衛がそういったとき、板場にいたお世津が「はい」という返事をして、戸口から出て行った。戸が閉まるまで、表の雨音が聞こえてきた。

「誰が来たのだ？」

兼四郎は閉まった戸を見てつぶやいた。

三

表に出て行ったお世津はすぐに家のなかに戻ってくると、飯の支度ができたといって、夕餉《ゆうげ》の膳を手際よく調《ととの》えてくれた。

炊きたての飯はよいが、お菜は椎茸《しいたけ》と空豆《そらまめ》の煮物、長芋《ながいも》の擂《す》りおろし、それに漬物だけという質素さだ。

「申しわけありません、こんなものしかなくて」

お世津は頭を下げて飯をよそってくれた。

「なあに十分だ。泊めてくれと無理に頼んだのはこっちだ。文句はないさ」

官兵衛は早速飯をかき込んだ。

「魚屋も出て行ったんで困ってるんです。乾物屋の小田屋さんはなんとか残ってくれましたけど、うちと同じでひとりで店をやっています。そうはいっても、いつまでつづけられるかわかりません」

お世津は小さなため息をついた。

「さっき誰か来たようだが……」

兼四郎は蕪《かぶ》の漬物をつまみ、さりげなく聞いた。

「伊勢屋の藤吉さんですよ。亭主が留守をしているからって、気安く男を三人も泊めて大丈夫かといらぬ心配をしてくれて。お人好しの心配性なんですよ。そういえば、お侍さんはお役人らしいといっていましたが、ほんとうですか？」

お世津は長い睫《まつげ》を動かして兼四郎たちを眺めた。

「役人ではないが……」

「ほんとうは、このお方は浪人奉行様なのだ」

官兵衛の言葉を定次が遮《さえぎ》って、兼四郎を見た。お世津が兼四郎をまじまじと見る。

「浪人奉行様……」

「さよう。この村で殺しがあったと聞いたので、たしかめに来たのだ」

「でも、そんなことは……」

「ないというか」

兼四郎は茶碗を置いて、お世津を見た。

「この近くの村には人がいない。もしや災いを避けるために逃げたのではないか。殺しがあったのは、半月ほど前のことだ。おけいという百姓の女房は、その殺しを見ている。魚屋の忠次という男もそのときに殺されたというのだ」

「そればかりではない」

官兵衛が言葉を引き取ってつづけた。

「おれは今日、下落合村を見てまわったが、百姓の女房が二人の子供を抱いて家に隠れていた。その女房も殺しがあったと話した。木に吊るされていた骸があったとな。骸は伊吉と梅助、そして梅助の倅の竹次《たけじ》だったらしい。お世津、それも知らないか？」

お世津は無表情で首を振り、知りませんという。

「ことは殺しだ。近くの村で起きたことだぞ」

兼四郎はお世津を見つめる。

「そんな怖ろしいことがあったなら、伊勢屋の藤吉さんも乾物屋の承五郎さんも知っているはずです。でも、何もいってきませんし……」

「この町には十七軒の店がある。開いているのは四軒だけだが、他の店はどうしたのだ？」

「夜逃げですよ。商売が二進《にっち》も三進《さっち》もいかないんで……。それに五軒はずっと前から空き店なんです」

「すると、十二軒の店はやっていたということか。半月前には、その十二軒はやっていたのか？」

「やっていた店もありますし、黙って閉めた店もあります。魚屋の忠次さんも半月ほど前にいなくなったんです。八雲さんはお役人だったのですね」

兼四郎はそれには答えずに、

「谷端川には子供の骸があったとも聞いているが、それも知らぬか……」

「いま初めて聞くことです」

お世津は驚いたように目をしばたたく。

「兄貴、ひょっとすると、昼間おれと定次を襲ってきた黒頭巾の仕業《しわざ》かもしれぬ」

官兵衛は真顔になっていった。

「黒頭巾って、いったいそれは……」

お世津だった。

「不動谷という集落からの帰りに黒頭巾の男に襲われ、危うく斬られそうになったのだ」

「何者なのです？」

「わからぬ。名乗らなかったからな。もしや、やつが村の者を脅かしているのかもしれぬ」

「そんな怖い男がうろついているのですか……」

「うろついているのかどうかはわからぬが、襲われたのはほんとうだ」

「今夜はお奉行様たちを泊めてよかったです。そんなことがあったとは知らずに、わたしひとりだったらどうなったかわかりませんものね」

「あるいは、この町を襲った浪人の仲間かもしれぬ」

兼四郎がおけいから聞いた話を思いだしていっても、お世津は狐《きつね》につままれたような顔だ。

「官兵衛と定次を襲ったのはひとりだったというが、他に仲間がいるかもしれぬ。おれはおけいという百姓の女房から、この町を十人ほどの浪人が襲ったと聞いている」

「どこでそんな話になったんでしょう」

お世津は目をしばたたいたあとで、はっと目をみはった。

「そんな怖ろしい浪人がいるなら、藤吉さんにも承五郎さんや拓三《たくぞう》さんにも、今夜は戸締まりをしっかりしておくようにいっておかなきゃなりません」

お世津は慌てて腰をあげようとした。

「待て待て。まさかひとりで行くのではないだろうな」

官兵衛が止めると「でも」と、お世津が戸惑う。

「おれがついて行ってやる。物騒なことがあったばかりだ。女のひとり歩きは不用心すぎる。兄貴、定次、そういうことだ。ちょいと行ってくる」

夕餉を中断した官兵衛は、そのままお世津と店を出て行った。

「官兵衛さん、お世津を気に入ったようですね」

定次がからかうような笑みを浮かべた。

兼四郎はそんな定次には取り合わず、黙って飯を頬張り、

「それにしても、おかしなことだ」

と、小さなつぶやきを漏らした。

四

「浪人奉行だと……」

佐蔵は知らせに来た三好《みよし》拓三を見て眉宇《びう》をひそめた。

「そんな役人など聞いたこともないが、どういうことだ？」

「なんでもこの町を襲った浪人を捜しているってことです。つまり、それはおれたちのことですが……」

佐蔵がそばにいる銀次と伝兵衛を見ると、拓三が言葉をついだ。

「それからもうひとり妙な野郎がいるようです。黒い頭巾を被っているので顔も名前もわからないそうですが、その野郎に橘官兵衛と小者の定次が襲われたらしいんです」

「そいつぁ何もんなんだ？」

佐蔵は拓三に訊ねる。

「さあ……見当もつきやせん」

「そやつは浪人奉行の仲間ではないということか……」

佐蔵は指先でうすい唇をなぞって、宙の一点を凝視した。

「佐蔵さん、どうするんです？　浪人奉行だろうが何だろうが、おれたちを捜しているんじゃ放っちゃおけねえでしょう」

銀次だった。佐蔵はその銀次を見た。鼻の脇に豆粒大の黒子《ほくろ》があり、削《そ》げた頬はいかにも残忍そうだ。

「たしかに放っちゃおけぬこと。だが、もう外は深い闇で雨も降っている」

「居所はわかってんです。押し込んで殺しちまえばすむことでしょう」

「相手の腕もわからずにか……」

佐蔵は冷めた目で銀次を見てつづけた。

「相手は三人、しかも役人のようではないか。その辺の芋侍《いもざむらい》だと侮《あなど》っておれば、手痛い火傷《やけど》を負うことになるやもしれぬ」

「佐蔵さん、相手が役人なら明日にでも別の助《すけ》が来るかもしれませんよ。そんなことはごめんです」

佐蔵は小心なことをいう伝兵衛に顔を向けた。

「いわれれば、さようなこともあるかもしれぬ。これから片づけに行ってもよいが、やはり夜が明ける前に討ち入る。相手が寝ているところを襲うのだ」

「始末したらどうするんです？」

銀次だった。

「もはやこの村に用はない。板橋宿に移る」

「五右衛門さんはどうします。まだ帰ってこないんですよ」

拓三だった。

この男は二本差しの浪人だが、表情に乏しく卑屈《ひくつ》な顔をしているので、傍目には侍には見えない。だから古着屋をまかせていた。

「五右衛門のことは忘れる。邪魔が入ったのだ」

「しかし、どうやっておれたちのことを……」

銀次が首をかしげる。

「いずれおれたちの仕業が知れるのはわかっていた。村の百姓らの口をすべて封じたわけではないのだ。浪人奉行の名は何であったか？　八雲……」

「兼四郎です。八雲兼四郎という男です。油断のならない目をしています」

拓三が答えた。

「そやつらは、おれたちのことをどこまで調べているのだ？」

「まだよくわかっていないんでしょう。わかっていれば、すでにここに乗り込んで来てもおかしくありませんからね」

拓三は茶に口をつけて爪楊枝《つまようじ》をくわえた。

「明日の朝、夜が明ける前に喧嘩支度を調えてお世津の店に討ち入る。その心づもりをしておけ。それから、巳喜造と岸本はどうした？」

「まだ、家捜しをしているんじゃ……」

銀次が答えた。

「そっちはいい。銀次、呼んでこい」

「へえ」

銀次が家を出て行くと、

「五右衛門さんは待たないってことですか……」

と、拓三がまた同じようなことをいったので、佐蔵はにらんだ。

「きさま、何度同じことをおれにいわせる。やつのことは放っておくといったであろう。このたわけッ！」

佐蔵は怒鳴るなり、手許にあった茶を拓三にぶっかけた。

「あ、なんてことを……」

「うるせえ！　四の五のいう前に、頭を使え。それに、おれは五右衛門を腹の底から信用しているわけではない。あやつはいつ裏切るかわからぬ男だ」

「もしや……」

はっと顔をあげたのは伝兵衛だ。

「なんだ？」

「五右衛門さんが、浪人奉行におれたちのことを知らせたのでは……」

「伝兵衛、おぬしもとんまなことをいうな。金勘定はできるが、他のことに頭はまわらぬか。もし、五右衛門が裏切っていれば、浪人奉行とやらはとっくにここに乗り込んでいてもおかしくないだろう」

「さようでした」

伝兵衛は頭を下げる。

「だが、気になることがある」

全員、佐蔵に顔を向けた。

「八雲という浪人奉行の仲間二人が、黒頭巾の男に襲われたといったな」

茶をかけられた拓三が、手拭いで顔を拭きながらうなずく。

「そいつはどうしてこの村にいるんだ？」

「もういないかもしれません」

拓三が答えた。

「もしや……」

佐蔵には思いあたる節があった。だが、否定するように首を振って、

「とにかくみんなが集まったら、明日のことを相談だ」

と、煙管に手を伸ばした。

五

佐蔵はその夜、おつるを自分のものにするつもりだった。いやというほどいじめ抜いて、男の味をたっぷり教えてやろうと考えていた。

おつるはまだ若いし、肌もきれいだ。腰の張りも、肉置《ししお》きもいい。小柄だがいい体をしているのは着物の上からでもわかっていた。

しかし、その気が失せた。思いもよらぬ役人がこの町に来ているのを知ったか

らだ。

それに気になることがある。

佐蔵は床に就いたはいいが、いつまでも眠れなかった。

気になるのは、浪人奉行の連れの二人が黒頭巾を被った男に襲われたということだ。その男はもしや、おれの仲間だと思って襲ったのかもしれない。

もし、そうであれば牧野時次郎《まきのときじろう》かもしれぬ。佐蔵は時次郎の兄金次郎《きんじろう》を斬り捨てている。半年ほど前のことだ。

それは、些細《ささい》な口論がきっかけだった。

佐蔵は自分の仲間に牧野金次郎を入れようと思っていた。金次郎もひとつ大きなことをやろうといった男だった。

同じ旗本の倅で部屋住みという恵まれない境遇を、二人は愚痴《ぐち》りあい、ふて腐れていた。自棄《やけ》っぱちを起こして行状の悪さを咎《とが》められるのも同じだったので、よく気の合う友垣《ともがき》だった。ときに喧嘩もしたが、すぐに互いの溝《みぞ》は埋まった。

「ひと儲けして江戸一番の料理屋を作ろう。侍だといっても高が知れている。身過ぎ世過ぎもこれまで。商人になって金を稼ぐのだ」

こう話したとき、金次郎は驚きながら感心した。

そこは、密談にもってこいの柳橋《やなぎばし》の小さな料理屋にある奥まった部屋だった。

「おぬしもそんなことを考えていたのか。じつはおれもなのだ。正直なことを打ち明けるが、養子縁組の話はあれど、まとまりなどつかぬ。いつも断られてばかりだ。頭を下げて頼むのはもう御免蒙《ごめんこうむ》る。佐蔵、おぬしの話に乗ろう」

以来二人はいかにして元手を稼ぐかを相談したが、世間は飢饉のあおりを受け、景気のいい話など滅多《めった》にない。

結局、法の目をかいくぐって手荒なことでもしなければ、元手など稼げないということに落ち着きそうになったが、

「きさま、手を汚してまで金を稼ぐというか。見損なったぞ」

金次郎は普段の行《おこな》いを棚にあげて、佐蔵を罵った。

「ならばどうする。きさまはなにも考えず、いつもおれの思いつきに相槌《あいづち》を打つだけの能なしではないか」

「能なしだと」

金次郎は目を剝いた。

「ここに来て聖人君子《せいじんくんし》を気取るつもりか」

「何をいいやがる。おれは多少のことには目をつぶるとしても、人の道から外れたことは慎《つつし》もうと考えていた。だが、きさまは平気の平左《へいざ》で盗人《ぬすっと》になるとぬかす」

「黙れッ」

「いや黙らぬ。おれは盗人にはならぬ。人のものを盗んだら末代までの恥」

「要はやり方次第であろう。あくどいことをやっているやつから金を頂戴《ちょうだい》するだけだ」

「ふん、同じことだ」

「きさま、鼻で笑ったな。おれは真剣に考えたことを話しているのだ」

「真剣に考えた末が盗人では話にならぬ。おぬしとの付き合いもこれまでだ」

金次郎は畳を蹴るようにして立ちあがると、部屋を出て行った。

取り残された佐蔵は、しばらく酒をなめるように飲んでいたが、だんだん腹が立ってきた。何でもやるといったくせに、土壇場《どたんば》で手を切った金次郎のことが許せなくなった。

（意気地なしめ……）

胸のうちでつぶやくと、怒りが腹のなかでぐつぐつと煮え立った。

（許さぬ）

心中でつぶやくと、そのまま金次郎を追って店を出た。

通りに金次郎の姿はなかった。

近所を駆けるようにして捜すうちに、おそらく屋敷に帰ったのだろうと思った。佐蔵は下谷《したや》御徒町《おかちまち》にある金次郎の家に走った。

案の定だった。下谷御徒町の通りまで来て、金次郎の後ろ姿が見えた。佐蔵は足を速めて追いつくと「待て」と声をかけた。

すると、振り返った金次郎が、

「盗人に用はない」

といい放ったものだから、佐蔵の怒りは頂点に達した。気づいたときには刀を抜き、袈裟懸けに斬りつけていた。

「やっ、きさま……う、うっ……」

金次郎は眉間《みけん》から血を滴《したた》らせながらたたらを踏み、刀の柄に手をかけた。佐蔵は鬼の形相《ぎょうそう》で、もう一撃を見舞った。金次郎の肩口から勢いよく鮮血が迸《ほとばし》った。

金次郎がどさりと大地に倒れたのは、その一瞬後だった。

「裏切り者め……」

佐蔵は吐き捨てるなりその場を離れたが、角を曲がったところで金次郎の弟、時次郎と出くわした。時次郎は挨拶《あいさつ》をしてきたが、佐蔵は知らぬ顔でそのまま去った。

ジジッと、枕許《まくらもと》の行灯《あんどん》の芯《しん》が鳴った。

佐蔵は我に返った。うす暗い天井の梁《はり》を見つめ、

（時次郎か……）

と、黒頭巾の男のことを考えた。

（あやつかもしれぬ）

胸中でもう一度つぶやくと、予感めいたものがだんだん確信に変わった。

「まあ、よい。時次郎ごとき、怖れる相手ではない。来たら返り討ちにしてやるだけだ」

佐蔵は思わず声に出してつぶやいた。

それから寝返りを打って目を閉じた。

六

屋根をたたく雨音。庇から落ちる滴《しずく》の音。戸板をこする木の枝の音。

おつるは暗い部屋のなかで、目を見開いていた。

(役人がこの近くにいるらしい。浪人奉行……)

悪党たちはそんなことを話し合い、明日の朝早く討ち入ると相談していた。

役人は三人。みんな殺されるのだろうか……。

考えるだけで、体がふるえる。おつるは胸の前で祈るように手を合わせた。

人を殺す前なのに悪党たちは鼾《いびき》をかいて寝ている。おつるはもっと眠れ、深く眠ってくれと祈る。そうすれば床を抜け出し、この家から逃げられる。

そっと夜具《やぐ》を払い、障子《しょうじ》のそばまで行って、隙間から隣の部屋の様子を、息を殺して見る。寝ている二人の男が、うすい行灯のあかりを受けている。

この障子を開けて土間に下り、勝手口から逃げる。できればそうしたいが、他の部屋にも男たちがいる。もし、気づかれたら無事にはすまされないだろう。そう思っただけで体がすくんで動けない。

近くにいるらしい役人がこの家に気づいて、先に乗り込んで自分を助けてくれないだろうか。うまくこの家から抜け出し、役人に知らせに行くことはできないだろうか。

いいえ、この家を出られたらそのまま逃げればいいんだわ。おつるはその三人の役人たちがどこにいるのか知らない。男たちはお世津の店とか、茶屋だと話していたが、おつるにはその店がどこにあるのかわからない。

おつるは床に戻り、座ったまま夜具にくるまって身を固める。役人に知らせるにも、逃げるにも、まずはこの家から気づかれずに出なければならない。

（どうしたらいいの……）

闇のなかに視線を彷徨《さまよ》わせるが、捕まったときのことを考えると、恐怖で心の臓が縮みそうになる。どうしても最悪の事態を想像してしまう。

それでも助かりたい、誰かに助けてほしい、ここから逃げたい。でも、どうしたらよいか、おつるにはわからない。臆病な兎《うさぎ》のようにふるえているしかない。

（助けて、誰か助けて……ここからわたしを逃がしてください）

おつるは神に祈るように両手を強く合わせた。

「どこへ行く？」

隣で寝ていた官兵衛が起きあがったので、兼四郎は声をかけた。

「なんだ、まだ寝ていなかったのか。小便だよ」

そのまま官兵衛は部屋を出て行った。廊下の床を踏む足音が遠ざかり、厠《かわや》の戸が開いて閉まる。

兼四郎は目を開けたまま天井を見つめた。雨はやむことを知らずに、降りつづいている。

「いま何刻だろう？」

官兵衛が戻ってきて夜具に座った。

「さあ、九つ（午前零時）は過ぎているだろう」

兼四郎は夜具を払って半身を起こし、

「どうにも解《げ》せぬ」

と、言葉を足した。

「どういうことだ？」

官兵衛が顔を向けてくる。

「村から人がいなくなっているのはともかく、この町の様子はおかしい。そう思わぬか」

「まあ、おかしいといわれりゃ、おかしいが……」

「この町に残っている店は、この茶屋と万屋と古着屋、そして乾物屋。それも道の片側だ。通りの反対側の店には誰もいない」

「……」

「そして、この茶屋をやっているお世津と同じように、各々《おのおの》の店にはひとりしかいない」

「身内が出て行ったからだろう。そう聞いたではないか」

「まともに信じているのか？」

兼四郎は官兵衛を見る。

「おけいはこの町を襲った浪人たちを見ているのだ。それに魚屋の忠次という男が斬られたのも、逃げる子供が殺されたのも見ている。升屋に出入りしている染物屋も、村で殺しがあったという話を聞いている。おけいが出鱈目をいったとは思えぬ」

「兄貴、いろいろ考えることはあるだろうが、何もかも明日あらためて調べればわかることではないか。小難しく考えることはないだろう」

官兵衛は大きな体を横たえた。

「そうであろうが……」

「兄貴、明日のために寝よう。体を休めるのが大事だ」

官兵衛はそういって布団を被り、あっという間に鼾をかきはじめた。

兼四郎も横になって目をつむったが、いつまでも疑問が頭から離れなかった。

それでも表から聞こえてくる雨音が、眠りをいざなっていった。

兼四郎やおつると同じように、眠れない男がいた。

その男は椎名町の通りから北へ二町ほど離れた百姓家にいた。

名を牧野時次郎という。兄金次郎を殺されて以来、敵《かたき》の長谷川佐蔵を捜し歩いていた。兄を斬ったのは佐蔵にちがいない。時次郎には確信があった。

兄の斬殺死体を見つける直前に、佐蔵と出会っていたのだ。あのとき、声をかけても佐蔵は返事もせず、早足に立ち去った。

いまも、昨日のことのように覚えている。兄金次郎のむごたらしい死体も脳裏にこびりついたままだ。

時次郎は金次郎が殺されて以来、佐蔵を追いつづけていた。婿養子になり、そしてその家を飛び出し、実家からも勘当を受けた佐蔵を捜すのは簡単ではなかった。

救いは佐蔵が江戸に留まり、遠くに行っていないことだったが、やっと手掛かりをつかんだのはひと月前だった。

だからといって、すぐに佐蔵に会えたわけではない。根無し草のような暮らしをしている佐蔵の噂を聞いても、居所を特定するのは容易ならざることだった。

しかし、地道な追跡が功を奏し、やっと佐蔵の仲間に辿りついた。その男は佐蔵に顎で使われているやくざ崩れの小者だった。強情な男だったが、脅したりすかしたりして居所を白状させた。

時次郎はようやく敵が討てるときが来た、という興奮を抑えながら佐蔵の住処《すみか》を訪ねたが、もぬけの殻だった。

また佐蔵捜しは振り出しに戻ったが、佐蔵が仲間と出入りしているという店を見つけた。

神楽坂《かぐらざか》の上、牛込肴町《うしごめさかなまち》にある料理屋だった。佐蔵のことを教えてくれたのは、その店の仲居だった。

仲居は佐蔵と、その仲間の密談を聞いていた。

「こんなことを話すと、こっちが危ない目にあうんじゃないでしょうね。あの人のお仲間は怖そうな人たちばかりなんですよ」

仲居はそういいながらも、仲間のことを話した。そして、佐蔵がどこへ行ったかを知っていた。

手掛かりをつかんだ時次郎は、急いで長崎村にやって来た。

それが二日前のことだった。

しかし、村を捜しまわっても佐蔵の影ひとつ見えない。仲間が七、八人いると聞いてはいるが、時次郎はその顔を知らない。

刀を差している浪人が四、五人いて、他はやくざっぽい男たちだということしかわかっていなかった。

あきらめて他の村に行こうとしたとき、体の大きな侍が男を連れてうろついているのを見た。おそらく佐蔵の仲間だろうと見当をつけ、闇討《やみう》ちをかけたが、しくじった。

時次郎はチッと舌打ちして、火鉢の炭を整えた。パチッと炭が爆ぜ、かけている鉄瓶が湯気を噴きはじめた。

今日のあの二人連れを襲ったのは間違いだった。別のやり方で近づき、話を聞くべきだったのだ。

時次郎は後悔しながら煙管に詰めた刻みに、火箸《ひばし》でつまんだ炭で火をつけた。そのまま煙管を吸い、紫煙《しえん》を吐き出す。

「佐蔵はこの村にいるはずだ」

内心の思いを口から漏らすと、さらに言葉を足した。

「あの二人は佐蔵の仲間だろう。おそらくそのはずだ」

時次郎は煙管を深く吸いつけ、雁首を火鉢の縁に打ちつけた。

「明日こそは兄の敵を……」

時次郎は壁に張りついている一匹の蛾《が》を凝視してつぶやいた。

七

相も変わらず雨は降りつづいている。おまけに雷が鳴りはじめた。

佐蔵は雷鳴を聞いて目を覚ますと、床を抜けて雨戸を小さく開けた。冷たい風とともに雨が吹き込んできた。

表はまだ暗いが、七つ半（午前五時）ぐらいではないかと見当をつけた。

（闇討ちをかけるには都合のよい頃合いだ）

佐蔵は雨戸を閉めると、座敷に行って寝ている仲間に声をかけた。

「おい、起きるんだ。もう朝だ。起きろ」

雷鳴も手伝ってか、仲間は目を覚ました。

「もう朝ですか……」

銀次が目をこすりながらいう。

「支度をするんだ。浪人奉行とやらを始末に行く」

佐蔵は起き出した仲間を眺めた。

そこにいるのは、銀次の他に伝兵衛、巳喜造、岸本竜太郎、承五郎、そして藤吉だった。佐蔵を入れて七人。

「伝兵衛、おぬしはここに残れ。藤吉、おまえは先に行って拓三を起こし、浪人奉行らの様子を見ておけ。他の者はおれと出る。まだ表は暗い。先方に見つかる恐れはないだろうが、注意するんだ」

「昨夜よりひどい降りになってるな。おまけに雷か……」

藤吉はぶつぶついいながら土間に下り、

「それじゃ、先に行って様子を見ておきますんで……」

と、提灯を下げ傘を持ち、戸口を出て行った。

「さっさと片づけたら、ここに戻ってくる。おつる、飯を炊いておけ」

佐蔵は支度をしながら、居間にあらわれたおつるに指図し、

「伝兵衛、おつるはまだおれたちを信用しておらぬ。逃げられぬようにしろ」

「おまかせください」

伝兵衛が表情の乏しいおつるを見て、佐蔵に顔を戻した。

「それで、今日はこの村を出るんですか？」

「そのつもりだ。五右衛門も今日は戻ってくるだろう。ともかく、まずはひと仕事だ」

佐蔵は腰に大小を差して、土間に下りた。着物の裾をからげ、襷《たすき》をかけている。他の仲間も同じような出で立《い》ちになり、刀を手にして戸口に向かった。

佐蔵が戸を開けると、ぴかぴかっと青白い閃光が暗い空を走り、雷鳴がとどろいた。

「まいろう」

佐蔵は番傘をぱっと開くと雨のなかを歩き出した。仲間があとにつづく。鼠山の家から椎名町の茶屋、蔦屋までは造作ない距離である。

佐蔵は歩きながら、これからのことを考えた。戸口から押し入るのがいいか、裏の勝手口から入ったほうがいいか。

相手は三人である。対するこっちは七人。どうせ、浪人奉行らは寝ているだろうから、手間はかからないはずだ。

「それにしても、この雨は……」

佐蔵は傘を少し持ちあげて、暗い空を見た。雲間に青白い閃光が走り、また雷鳴がとどろいた。


定次はゴソゴソと起き出すと、畳を這うようにして障子を開け、廊下に出た。官兵衛が大きな鼾をかいて寝ている。

家のなかは真っ暗だが、お世津が廊下の隅に常夜灯《じょうやとう》をつけてくれているので、闇に目が慣れると厠へ行くのに困ることはなかった。

定次は小便がしたくて目を覚ましたのだが、表では雷が鳴っていた。ときどき、雨戸の隙間から稲妻の光も射し込んでいた。

厠で用を足すと、表の様子を見るために小窓を開けた。冷たい雨の粒とともに風が吹き込んできて頰を撫でた。

表は真っ暗だ。

（いま、何刻だろう……）

そのまま小窓を閉めようとしたときだった。闇のなかに光るものが見えた。なんだと思って目を凝らすと、ゆらゆらと揺れている提灯がこちらに近づいてくる。

（あれは……）

さらに目を凝らすと、提灯のあかりに男の姿が浮かんだ。提灯を持っているのはひとりだが、その後ろに数人の黒い影があった。

「なんだ？」

まるい顔のなかにある目を大きく見開くと、近づいてくる男たちが襷をかけ、尻端折《しりつぱしよ》りしているのがわかった。そして、腰には刀。

（どういうことだ）

定次は胸騒ぎを覚えた。

もしや、この町を襲った浪人たちでは……。

定次は厠を出ると、足音を立てながら兼四郎と官兵衛が寝ている部屋に急ぎ戻った。

第四章　朝駆け

一

「旦那、官兵衛さん、起きてください」

突然の声に兼四郎は目を覚ました。

「どうした？」

「なんだか妙です。この店の裏の道に、浪人のようなやつらがいるんです。こっちに近づいているような……」

「こんな夜更けにか。ふぁあー」

官兵衛が半身を起こして大きな欠伸《あくび》をした。

「もう朝ですよ。それにそいつらは襷掛けで尻端折りしてんです」

兼四郎は耳をすました。

雨音が聞こえる。遠くで雷の音。

「様子を見よう」

兼四郎は夜具を抜けると、表戸に行って隙間から外を窺った。とたん、目をみはった。一気に眠気がさめた。

表通りに三人の男がいた。定次がいうように襷掛けに尻端折りをしている。傘を差し提灯を持つ男が隣の男を見ると、短いやり取りをするや提灯が消され、三人揃って刀を抜くのがわかった。

三人の注意は、あきらかにこの店に向けられていた。

「官兵衛、定次、賊かもしれぬ。刀を……」

兼四郎が急ぎ戻ると、部屋には行灯がつけられ、官兵衛が身支度にかかっていた。

「この店を襲うつもりか……」

兼四郎も独り言をいいながら着物を羽織り、帯を締めた。

そのとき、勝手口のほうで物音がして、雨音が大きくなった。さらに雷鳴もはっきり聞こえるようになった。

兼四郎は地蔵のように体を固め、息を止めて官兵衛と定次と顔を見合わせた。

誰かが入ってきたのだ。愛刀和泉守兼定《いずみのかみかねさだ》をつかむと、今度は表戸が開けられるのがわかった。三人のいる部屋に新たな風が吹き込んできて、行灯の炎を揺らした。

突然、さっと障子が開けられ、刀を構えた二人の男が飛び込んできた。

「何やつ！」

兼四郎は斬り込んできた男の刀を横に払い、土間に飛び下りた。官兵衛がもうひとりの男と対峙《たいじ》して、てめえらが殺し屋かと怒鳴った。

「定次、お世津を……」

兼四郎は斬りかかってくる男の刀をすり落とし、後ろに下がって定次に声をかけた。休む間もなく、別の男が斬り込んできた。これは勝手口から入ってきた男だった。

「官兵衛、表だ、表に逃げるんだ！」

兼四郎は声をかけて戸口に向かうが、前進を阻《はば》むように別の男が立ち塞がった。

「浪人奉行とは、きさまか？」

前に立つ男は余裕の体《てい》で問いながら、間合いを詰めてくる。うす暗いので顔ははっきりしないが、細身の男だ。しかし、尋常でない殺気を身に纏《まと》っている。

「きさまは？」

問い返したと同時に、鋭い突きが飛んできた。兼四郎は半身をひねりながらかわしたが、相手はすかさず逆袈裟に刀を振ってきた。

兼四郎の袖が斬られた。さらに相手は右八相から、刀を横に振って腕を斬りに来た。兼四郎は壁に背を預け、戸口のほうに動く。

座敷のほうでドタバタと激しい物音がして、障子や襖《ふすま》が倒れ、刀のぶつかる音が重なっていた。

「おりゃあー！」

横から男が斬りかかってきた。兼四郎は相手の刀をすり落とすと同時に、刀を横に振って斬った。

「うあっ……」

男はそのまま倒れた。兼四郎は床几をひっくり返して、前からかかってこようとした男の攻撃をかわし、表に飛び出した。

すぐに敵が追ってくる。土砂《どしゃ》降りではないが、雨が吹きつけてくる。稲妻が走り、相手の顔をあらわにした。細面《ほそおもて》に鋭い切れ長の目。

さっと刀の切っ先を右足三寸に構えた下段の構えで間合いを詰めてくる。雷鳴がとどろき、屋内から悲鳴が聞こえてきた。官兵衛のものでないとわかる。

兼四郎は正眼の構えから右八相に構え直してゆっくり横に動いた。夜明けが近いのか、表は店のなかより視界が利いた。

「きさまら、何者だ?」

「何者であろうと、きさまには関わりのないこと。浪人奉行とはきさまのことか?」

切れ長の目はじりっじりりっと間合いを詰めてくる。

刀の切っ先から雨の滴が落ちる。

兼四郎は眉宇をひそめた。なぜ、おれのことを知っているのだと。しかし、深く考える余裕はなかった。

目の前の男が裂帛《れっぱく》の気合いもろとも鋭い斬撃を送り込んできた。

兼四郎はわずかに腰を落として、撃ち込まれた一撃を撥ね返しながら右に飛んだ。顔に貼りつく雨が汗と混ざって、頬から首筋をつたう。すでに着物は雨を吸って重くなっていた。

「できるな……」

切れ長の目が足許の水たまりなど気にせず、詰めてくる。兼四郎は裸足だが、相手は脚絆《きゃはん》に草鞋《わらじ》履き、手甲《てっこう》をして襷掛けという出で立ちだった。

背後で刀のぶつかり合う音がして、官兵衛の怒鳴り声が聞こえた。表に出てきたようだ。官兵衛のことは気になるが、兼四郎は目の前の男を倒さなければならない。

相手が間合いを詰めてきた。兼四郎は絞るように両手に力を入れ、それからゆっくり力を抜いた。

双眸を光らせつつ、攻撃される前に先に出ると内心にいい聞かせ、丹田に力を入れる。

相手の右足が前に出た、その瞬間だった。兼四郎は前に飛びながら体を開き、小手を斬るように刀を振った。わずかに剣尖《けんせん》がそれ、手甲をかすっただけだった。

しかし、兼四郎は体を深く沈めたまま、相手が上段から撃ち込んで来る前に、胴を抜くように刀を振った。

ドスッという鈍い音と同時に、飛沫《しぶき》が散った。それは血ではなく水だった。相手の帯をたたいたに過ぎなかった。

しかし、切れ長の目は大きく下がった。そのとき、別の男が近くにやって来て、

「佐蔵さん、拓三さんが斬られました」

と、告げた。

とたん、切れ長の顔に動揺が浮かんだ。告げに来た男を見ると、

「いったん退《ひ》くんだ。退け」

そう指図するなり、兼四郎の前から駆け去った。兼四郎は数間追っただけで立ち止まり、あたりに目を凝らした。

官兵衛が路地からのっそりと出てきた。

二

鼠山の百姓家に戻った佐蔵は不機嫌だった。

おつるが運んできた茶に口をつけただけで黙り込んでいた。

銀次が殺され、三好拓三が左腕に深い傷を負っていた。伝兵衛がその拓三の傷の手当てをしていた。

「佐蔵さん、どうするんです？」

岸本竜太郎が濡れた着物を干し終わってそばに来た。佐蔵は岸本の金壺眼《かなつぼまなこ》を見返して、唇を噛んで小さく首を振った。

「やつらはお世津の店にいるんです。なぜ退いたんです？」

「黙れ。考えているのだ」

佐蔵は抑えた声でいったが、それには怒気が含まれていた。怒りは仲間が斬られたことではない。浪人奉行を斬ることができなかったからだ。

（やつは強い。これまで会ったどんな者より手強い）

そのことがよくわかった。

「なにを考えてるんです。考えるより先にやつらを始末しないと面倒でしょうが」

「わかってる。わかっているから黙れッ！」

今度は強くいった。岸本は不満気に口を閉じた。

他の者たちも雨に濡れた着物を脱ぎ、座敷にわたした細縄に着物を干していた。火鉢に炭を足したので、蒸れるような暑さが漂いはじめていた。

佐蔵は着物を脱ぎ、下穿《したば》き一枚になった仲間を眺め、おもむろに口を開いた。

「みんな、聞け。浪人奉行の連れは二人だ。怖れることはないが、こっちは二人やられた。だからといって、逃げるわけではない。相手は役人。他の助はいない。だが、加勢の者がいつ来るかわからぬ。少し休んだら、もう一度やつらを始末しに行く」

「そうこなくちゃ」

岸本が無精ひげをなぞりながら応じた。

「拓三、傷はどうだ？」

聞かれた拓三が情けない顔で首を振れば、

「傷が深すぎます。しばらく左腕は使えないでしょう」

と、手当てをしていた伝兵衛が答えた。

「やつらが逃げたらどうします？」

承五郎だった。

「お世津はどうした？　あの茶屋に残っているのか？」

佐蔵は承五郎には答えずに、仲間を眺めた。

「おれが残っていろといったんです。やつらは、お世津がおれたちの仲間だということに気づいていない。だったら店に残していたほうがいいと思いましてね」

岸本が答えた。気の利いたことをしたという得意顔だ。

しかし、佐蔵は感心しなかった。

「岸本、気をまわしたのだろうが、お世津は人質になるかもしれぬ」

「どういうことです？」

岸本は表情を曇らせ、金壺眼を細めた。

「さっきおれと戦っていたのは浪人奉行だ。やつは答えなかったが、もしそうなら、なぜ自分のことをおれが知っているのだと疑念を抱くにちがいない」

「それがどうしました？」

佐蔵は短く嘆息して、岸本に顔を向けた。

「茶屋にいるのが浪人奉行だと知っているのは誰だ？　それは拓三に教えられたからではないか？　そのことを拓三は、お世津から聞いている。そうだな」

拓三は手当ての終わった左腕を、右手でさすりながらうなずく。

「浪人奉行は、よほどとんまでないかぎり、そのことに気づくはずだ」

「そうであったか……」

小さな声を漏らした岸本は、顔をしかめて舌打ちした。

「だが、それはもういい。お世津が人質になったとしても、おれたちはうっちゃっておく。もうあの女は仲間ではない」

「佐蔵さん、お世津がこの家を教えたらどうなります?」

伝兵衛だった。じつは佐蔵も同じことを考えていた。

「お世津からこの家のことを聞き出したとしても、すぐにはやってこないはずだ。向こうは三人、しかも、ひとりは使いっ走りの小者だろう。すると、腕が立つのは二人だけだ。こっちには伝兵衛を入れて五人。おいそれと近づけはしない」

「だからといって、ここにいるのは……」

承五郎だった。硬い表情をしている。元は喧嘩っ早い鳶人足《とびにんそく》で、長脇差も使うが鳶口《とびぐち》も武器にする。髷がうすく、垂れ眉なので人のよさそうな顔に見えるが、仲間内でもっとも鼻っ柱の強い肝《きも》の据わった男だ。

「わかっている。伝兵衛」

佐蔵は伝兵衛を見た。

「このあたりに手頃な家はないか?」

「わたしもそれを考えていました。どうせなら見張りのできる徳屋がいいのではないでしょうか」

徳屋は穀物を商っている店だった。佐蔵たちの襲撃に遭《あ》って、いまは誰もいない。

「よし、これからその店に移る。みんな支度をしろ。やつらに感づかれぬよう、おのおの間を取って移るんだ。拓三、右腕は使えるな」

「へえ」

「おまえはおつると伝兵衛といっしょに動け。おつる」

名を呼ばれたおつるは、とたんに顔をこわばらせた。

「逃げようなんて思うな」

佐蔵は釘を刺してゆっくり立ちあがった。

「雨は小降りになりましたよ」

戸口のそばにいた巨漢の巳喜造がみんなを振り返った。

たしかに雨音が小さくなっていた。雷もやみ、表があかるくなっていた。

「おれと巳喜造が先に行く。あとは手はずどおりだ」

佐蔵が土間に下りると、巳喜造が戸を開けてくれた。

三

「どうしてあんなならず者がこの村に。それにしても無事で何よりでした。まったく肝が冷えました」

お世津が店の片付けを終えて、兼四郎たちのいる座敷に戻ってきた。官兵衛も定次も片付けを手伝っていたが、一段落したところだった。

「他の店はどうだったかしら、気になります」

お世津はさも心配そうにみんなを眺める。

「様子を見に行ってみるか」

官兵衛がお世津に応じた。

「いっしょに行ってもらえると心強いですけど、またあの殺し屋たちが戻って来やしないでしょうね」

「それはわからぬ」

兼四郎はお世津の顔を見ずに答える。

お世津が口を開くたびに、兼四郎は白々しい気持ちになっていた。だが、官兵衛も定次も気づいていない。

「それじゃ、また来ると……」

お世津が顔をこわばらせて見てくる。兼四郎はさらに興ざめした。だが、いまは余計なことは口にせず、これから先のことを考えていた。

「橘様、ではいっしょについて行っていただけますか」

「まかせておけ」

「待て」

兼四郎は尻を浮かしかけた官兵衛に声をかけた。

「どうした？」

「裏の骸をどうする。おれが斬った男だ」

そういったあとで、兼四郎はお世津に顔を向けた。

「あの男を知っておらぬか？」

いいえと、お世津は首を振る。

「さっきやって来た賊についてはどうだ？」

「わかりませんよ。怖くてろくろく顔も見ていませんから」

「さようか……」

兼四郎は視線を逸らし、とんだ女狐《めぎつね》だと内心でつぶやく。

官兵衛とお世津を表に出してもよいかどうかを短く考えた。もし、先ほどの賊が近くにいるなら官兵衛の身が危ない。

「やはりおれたちの聞いたことは、嘘ではなかったようだ。お世津はなぜ、おれたちが耳にしたことを知らない」

「だって、知らないものは知らないからしょうがないでしょう。藤吉さんだって知らなかったじゃないですか」

お世津は目をしばたたきながら視線を泳がせる。

「……たしかに。この町で商売をやっている他の店の者も、口を揃えたように、おれのいうことを知らないといった。だが、村の者たちはちがった。殺しがあったことを噂している者がいるのはたしかだ。それに、村から人がいなくなっているのも奇妙なことだ」

「村やこの町から人がいなくなったことは、話したじゃありませんか」

兼四郎は冷めた目でお世津を見つめた。

「お世津、おまえはずいぶん肝が据わっている女だな。この店でさっき死人が出たのだ。おれが斬ったのに、おまえはやけに落ち着いている」

「そりゃあ、お奉行様と……」

「黙れッ」

兼四郎はいうなり、さっと脇差を抜いて、切っ先をお世津に突きつけた。お世津がひッと息を呑んで体を固めた。

「兄貴、何をするんだ?」

官兵衛が仰天《ぎょうてん》すれば、定次も目をまるくした。

「おれたちはこの女にまんまと騙《だま》されたのだ」

官兵衛と定次は、同時に「えッ」と、驚きの声を漏らした。

「さっき襲ってきた賊は、おれに向かってきさまが浪人奉行かと問うた。この村に来ておれのことを話したのは、神社にいた老婆とおまえだけだ。万屋の藤吉にも話してはおらぬ」

官兵衛と定次が、はっと目をみはった。

兼四郎に脇差を突きつけられているお世津は、顎を持ちあげられたまま声を出せないでいる。その顔は青ざめていた。

「昨夜《ゆうべ》、おれが浪人奉行だと知ったあとで、お世津は怖い賊がいるなら、他の店に教えてやらなければといって、官兵衛と出かけていった。そのとき、お世津は藤吉にも小田屋という乾物屋にも古着屋の大和屋にも、浪人奉行がいると密かに告げたのだ。官兵衛、おまえはお世津がその店に入ったとき、どこにいた？」

「表で待っててくれっていうんで、外で見張りをしていたよ」

「そのとき、お世津はおれたちのことを知らせたのだ」

「すると、他の店の者も賊の仲間ということか」

官兵衛はカッと細い目を見開いた。

「おそらくそうだろう。お世津、もはや嘘は通じぬ。おまえは賊の仲間だな」

兼四郎は脇差の切っ先を少し下ろしてやった。お世津の顔が正面に戻る。

「どうなのだ？　正直にいわねば、容赦《ようしゃ》せぬぞ。裏には骸がある。おれが斬った男だ。これはただの脅しではない」

「わ、悪うございました。でも、まさか、ここに乗り込んできてあんな騒ぎを起こすなんて思わなかったんです。それにわたしは脅されていたんです。いうことを聞かないと何をされるかわからないし、逆らえば殺されるんです。お奉行様……」

お世津は膝を擢って下がると、両手をついて平伏した。

「助けてください。わたしは無理矢理仲間にされただけなんです。ほんとうは逃げたくてしょうがないんです。あの男たちの非道さを思い知らされているので、怖くてどうにもできなかったんです」

　お世津は途中から涙混じりに訴え、声をふるわせた。

「賊の頭《かしら》はなんという？　おれたちの味方になるなら、教えるのだ」

「仕切っているのは長谷川佐蔵という人です」

「どんな男だ？」

　世津は佐蔵の顔つきや体つきを話した。兼四郎と刃《やいば》を交えた男だった。

「あの男が……、やつには何人の仲間がいる？」

「たしかな人数はわかりません。ほんとうです。でも、八人ぐらいです」

「そのうちのひとりは死んでいる。もうひとりは官兵衛が斬った」

「やつは死んではおらぬだろう。だが、傷は深いはずだ」

　官兵衛が言葉を添えた。

「すると残りは六人か。まことであろうな」

　兼四郎は射るような視線をお世津に向ける。

「この期《ご》に及んで嘘は申しませんが、わたしの知らないこともあります。佐蔵という男は容易《たやす》く人を信用しないし、心のうちが読めないんです。それだけ怖い男なんです」

「兄貴、そうなると、藤吉も他の店の男も賊の一味ということになるな。どうする？」

官兵衛が緊張した顔を向けてくる。

「旦那、やつらはまた襲ってくるやもしれませんよ」

定次も顔をこわばらせていた。

「おそらくこのまま無事にはすまぬだろう……」

「どうするんだ？」

官兵衛は真顔で兼四郎を見、そして定次を見た。

「お世津、やつらがどこにいるか知っているな。場所を教えろ」

兼四郎はお世津をまっすぐ見て聞いた。

「鼠山というところにある百姓家です。徳屋という店から、北へ二町も行かないところにあります」

「鼠山……」

「場所がわかっていりゃ、こっちから乗り込んだほうが有利ではないか」

官兵衛が真剣な顔を向けてくる。

「その前にこの店を出る。お世津、おまえも来るのだ」

兼四郎は立ちあがった。

四

牧野時次郎は小川の水を使って顔を洗い、ひげを剃った。明け方近くまで雨と雷がやまず、仕方なく主のいない百姓家に入って過ごしていたが、いまは雲の間に青空がのぞき、日が射していた。

小川の流れは日の光を照り返し、ひげを剃る時次郎の顔を映している。丸顔のなかに鷲鼻《わしばな》があった。鼻は殺された兄、金次郎とそっくりだ。

ひげを剃り終わり百姓家に戻ると、手際よく身支度をした。小袖をからげ、股《もも》引《ひき》に脚絆、草鞋履き。引回合羽《ひきまわしがっぱ》を羽織り、深編笠《ふかあみがさ》を被る。懐中《かいちゅう》には黒頭巾。

頭巾は顔を隠すためだ。兄の敵討《かたきう》ちではあるが、時次郎は届けを出していない。つまり、敵を取ってもそれは人殺しとなる。ゆえに顔をさらすのは控えなければならなかった。敵の長谷川佐蔵には仲間がいる。たとえ佐蔵を討ち取ったとしても、その仲間に追われるのは面倒だ。

表に出ると、腹の虫がぐうと鳴った。先ほどの家にあった薩摩芋《さつまいも》を竈《かまど》の火で焼いて食べただけだ。それも昨夜のことである。

(腹が減っては戦《いくさ》はできぬ)

時次郎は清戸道をめざして歩いた。往還にはちょっとした町があった。ほとんどの店は戸を閉めているが、数軒は開いており、そこには茶屋もあった。茶屋なら何か食べ物があるはずだ。

明け方まで降った雨のせいで、道のあちこちには水たまりができている。地面もぬかるんでいて、器用に歩かなければあっという間に足袋が湿ってしまう。

時次郎は昨日、佐蔵の仲間と思われる男二人を見た。ねじ伏せて佐蔵の居所を聞くつもりだったが、思いがけずしくじった。

(今日は同じ過《あやま》ちはせぬ)

心にいい聞かせて口を引き締める。

それにしても百姓の姿もなければ、往還を行き交う人もいない。

(まだ、朝が早いせいか……)

時次郎は清戸道に出ると、江戸方面に進んだ。ほどなく商家の集まっている町に着いたが、目あての茶屋は閉まっている。ためしに声をかけて、戸をたたいたが返事がない。

「おい、誰かおらぬか」

再度呼ばわってみても、応じる気配はなかった。あきらめて通りを眺め、少し引き返した。伊勢屋という万屋があった。二日前、その店は開いていた。

「ごめん。……頼もう」

やはり返事はない。ためしに戸に手をかけたら、するすると開いた。店のなかは雨戸が閉め切られていてうす暗い。

「おい、誰かおらぬか？　いるなら返事をしてくれ」

やはり無言である。

「どういうことだ」

表に戻って通りを眺めた。両側に小店が並んでいるが、どこも閉まっている。しんと静まっていて、不気味でもある。

どの店も傷みが激しく古い。看板も風雨にさらされて、文字がくすんでいるし、茅葺《かやぶ》きの屋根も傾いている。土壁が剝げ、木舞《こまい》がのぞいてもいる。

時次郎はチッと舌打ちをしたが、不意に昨日のことを思い出した。一軒の百姓家から煙が出ているのを見たのだ。

（あそこには人がいる）

時次郎は誰もいない町をあとにして、村のほうに足を向けた。

「いまの男は……」

戸板の隙間に目をつけていた官兵衛が、兼四郎に顔を向けた。

兼四郎も節穴《ふしあな》から去っていく男を見ていた。もうその姿はない。

「やつらの仲間では……」

定次がいう。

「お世津、おまえも見たはずだ。どうだ？」

兼四郎に聞かれたお世津は首をかしげ、見た顔ではないという。

「もっともはっきり顔は見えませんでしたけど、体つきを見れば佐蔵さんの仲間かどうか見当がつきますから」

「すると、仲間ではない、そういうことか」

「だと思います」

お世津は自信なさそうにいう。

兼四郎は短く考えてから口を開いた。

「いま去った男は旅の者かもしれぬ。そんな身なりでもあった。それに佐蔵はおれたちがこの町にいるのを知っている。無闇に近づいては来ないはずだ」

「佐蔵たちも、さっきの男を見たのでは……」

定次が目を光らせる。

「かもしれぬ。この近くでおれたちのことを見張っているだろうからな」

「ならば、いまの男が襲われるかもしれぬ。どうする？」

官兵衛が顔を向けてくる。

「慌てるな。定次、裏を見張れ」

いわれた定次が「へい」と、返事をして裏口に向かった。

兼四郎たちはお世津がいた茶屋の斜向《はすむ》かいにある店に潜《ひそ》んでいた。元は表具屋だったらしく、唐紙《からかみ》や障子紙があった。どれにも埃《ほこり》がたまっていて、糊《のり》はごわごわに乾いていた。

「腹が減ったな。お世津、何か作ってくれぬか」

官兵衛にいわれたお世津は、

「それじゃ、ちょいと探してみます」

といって、台所に向かった。兼四郎はその後ろ姿を眺めた。

「兄貴、どうした？　あの女のことをまだ疑っているのか？」

「容易く信用はできぬ。だが、佐蔵一味を知っているのはお世津だけだ。いつ裏切られるか油断はできぬが……」

　兼四郎は声を抑えて答えた。

五

「いなくなっているだと……」

蔦屋の様子を見に行っていた藤吉に、佐蔵は目を向けた。

「へえ、お世津の姿もありません。人質に取られたんじゃ……」

佐蔵はえらの張っている藤吉を見て、食べかけのおじやを膝許《ひざもと》に置いた。

「それで、浪人奉行らはどこに消えたんだ？」

「どこにいるかわかりませんが、この町を出て行った様子はありません。ただ、妙な侍がお世津の店と、あっしのいた万屋を訪ねてきました」

「なに」

佐蔵は眉宇をひそめた。

「ですが、旅の侍だったようで、村のほうに去っちまいました」

「まさか、浪人奉行の助っ人ではなかろうな」

藤吉は「さあ」と、首をひねり、それはわからないという。

佐蔵はまわりにいる仲間をひと眺めして、藤吉に顔を戻した。

一味は椎名町の東外れにある徳屋の座敷にいるのだった。もちろん、店の主以下奉公人はひとりもいない。

「おまえは見張りをつづけろ。何か動きがあったらすぐ知らせに来い。それからあやつらがどこにいるかわかったら、すぐに戻ってくるのだ。行け」

佐蔵に指図された藤吉は、店の裏口から出て行った。

「お世津が人質になっているのなら、何か取り引きを持ちかけてくるんじゃ……」

承五郎だった。

「どんな取り引きだ？」

「お世津をわたすから、佐蔵さんを差し出せと……」

「たわけたことをぬかす。そんな取り引きに応じないことなど、お世津にだってわかっている。浪人奉行とて、そういう軽々しいことはしないだろう」

「しかし、佐蔵さん。お世津はわたしらのことを何もかも話しているはずです。いくらお世津が強情でも、拷問《ごうもん》にかけられたら耐えられないでしょう」

伝兵衛はおじやを食べ終えた碗を、おつるにわたしながらいった。

「お世津が洗いざらいしゃべったところで、同じことよ。おれは浪人奉行どもを生かしておくつもりはないのだ」

「いつまでここにいるのです？」

岸本竜太郎が金壺眼を向けてくる。

「相手が出てこなければ、こっちから出向くまでだ。先方はおれたちに用があるのだ。出て行けば、向こうだって姿をあらわすだろう」

「それじゃ、いまから……」

「待て、おぬしは短慮《たんりょ》でいかぬ。浪人奉行を侮《あなど》るな。銀次は斬られて死んでいるのだ。拓三も深傷《ふかで》を負っている。ただ出向くだけでは能がない」

佐蔵は考えるように腕を組んだ。その顔に障子越しのあかるい光があたった。


牧野時次郎は金剛院の西をまわり込むと、細い畦道に入った。日が照り、道は乾いてきたが、草鞋はすでに水を吸ってじゅくじゅくしていた。

足を止めたのは、すぐ先に見える神社の森の近くだった。昨日見た煙は、目の前の朽《く》ち果てた百姓家から出ていた。

「御免、誰かおらぬか？」

声をかけると、家のなかでゴソゴソと物音がした。

「旅の者だ。頼もう」

「誰だい？」

しゃがれた女の声があった。

「食べ物があったら恵んでもらいたい。近くの町へ行ったが、どの店も閉まっており往生しているのだ」

「鬼じゃないだろうね」

「鬼……」

「人殺しの鬼さ。この村を呪っている鬼がいる」

声からして年寄りのようだ。もう戸口の向こうにいるのがわかった。

「わたしは鬼ではない。人殺しでもない。すまぬが話をさせてくれぬか」

深編笠を脱ぎ下手《したて》に出て頼むと、戸がガタピシ音を立てて開けられた。小柄で白髪だらけの老婆だった。濁った小さな目には疑いの色がある。

「あたしを殺しに来たか。いいさ、殺されたって。もうこの世に未練などないからな。さあ、やるならさっさとやってくれ」

老婆は後ずさりすると、暗い土間に正座をした。

「おい勘違いをするな。わたしは人殺しなどではない。人を捜しているだけだ」

老婆が上目遣いに見てくる。ほんとうかいと、歯の抜けた口を動かす。

「食べ物を少し恵んでもらえぬか。それだけだ」

老婆は戸惑い顔をしたあとで、じっと時次郎を凝視し、

「刀をそこに置いとくれ。そうでなきゃ信用ならねえ」

という。

時次郎は大小を抜いて、板座敷の上がり框《かまち》に置いた。

「食いもんなら味噌汁《みそしる》しかない。飯があるからぶっかけてやるけど、それでいいかい？」

「助かる」

老婆は何もいわずに奥の台所へ向かった。

時次郎は上がり框に腰を下ろして、家のなかを眺めた。板座敷には野良着や粗末な着物がたたまれていたり、壁に掛かっていた。

破れ放題の襖が開いていて、奥の部屋も見えた。薄っぺらい夜具が敷かれ、古びた箪笥《たんす》がある。雨戸は閉められたままだ。

「婆さん、ひとりで住んでいるのか？　そこに掛かっている着物は、婆さんには

大きいようだが……」

「倅も嫁も逃げたのさ。人殺しの鬼がこの村を襲ったから……」

老婆は竈に火をくべながら答えた。

「その人殺しの鬼とはなんだね？」

「村を襲っている鬼だよ。大人だけでなく子供まで殺す鬼畜《きちく》だ。きぃーィ！」

老婆はいきなり金切り声を発し、擦り切れている袖を歯のない口にくわえた。

「婆さん、大丈夫か……」

時次郎は目をしばたたいた。

「昨日も侍が来た。鬼の仲間ではなかったようだけど、あの侍は殺される」

「どんな侍だった？」

もしや長谷川佐蔵ではないかと思った。

「体の大きな侍だった。なんとか奉行といった。どうせ嘘に決まってる」

「奉行……役人だったのか？」

「わからねえ。得体の知れない侍がうろついてるんだ。あんたも気をつけな。それとも、飯を食ったらあたしを殺すつもりかね。それなら喜んで殺されてやるよ。もうこの世は飽き飽きだ。……さあ、煮えただろう」

竈にかけている鍋には味噌汁が入っていた。老婆は冷や飯に温まった味噌汁をかけて時次郎にわたした。

腹が減っていたので殊《こと》の外《ほか》うまく感じられた。味噌汁には芋と青菜《あおな》が入っていたので、それもありがたかった。お代わりをしたかったが、老婆の様子を見て遠慮した。

「馳走《ちそう》になった。しかし、この村にはほんとうに人が住んでおらぬな」

「みんな逃げたんだよ」

「鬼がいるからか?」

老婆はそうだというようにうなずいた。

「もしや、長谷川佐蔵という男のことではなかろうな?」

「…………」

老婆は首をかしげる。

「そやつは仲間を連れているはずだ。七、八人いると聞いている」

老婆はやはり首をひねった。

「見てはおらぬか?」

「見ちゃいない。だけど、鬼がいるんだよ」

どこにその鬼がいるのだと聞いても、老婆はわからないが、すぐそばにいるというだけだった。

時次郎は飯の礼をいってその家を離れた。だが、ほどなくして足を止めた。

先の道にひとりの浪人らしき男の姿が見えたからだ。

時次郎は杉の木の陰に身を隠して、その男を凝視した。

六

男は野路を迷いもせず清戸道に向かっている。菅笠《すげがさ》を被り、股引に打裂羽織《ぶっさきばおり》。腰には大小。時次郎と同じように、振り分け荷物は持っていない。

男は金剛院の西をまわり込んでいる。途中に杉木立があり、姿が消えた。時次郎は後を尾けるように足を速めた。

日は高く昇り、燦々《さんさん》とした光が降り注いでいる。その空で数羽の鳶が戯《たわむ》れるように飛びながら、笛のような声を落としていた。

杉木立を抜けると、男の背中が見えた。金剛院の山門前を過ぎ、谷端川に架かる橋をわたりはじめた。

時次郎は駆けた。先を歩く男は尾行に気づいていない。

立ち止まった男がゆっくり振り返り、時次郎を探るように見てきた。三白眼《さんぱくがん》だ。

「……何用だ？」

声をかけたのは、男が橋をわたり終えたところだった。

「しばらく」

「そのほう、どこへまいる？」

時次郎は近づきながら聞いた。

相手は眉宇をひそめ、疑わしげに見てくる。

「どこへ行こうが拙者の勝手」

「たしかに……。わたしは人を捜している。長谷川佐蔵という男だ。知らぬか？」

時次郎は凝視して聞いた。鎌《かま》をかけるつもりだったが、直截《ちょくせつ》に敵の名を口にした。そのほうが手っ取り早いと判断したのだ。

相手の目が険《けわ》しくなったのはすぐだ。

「知っていたらいかがする？」

「どこにいるか教えてもらいたい。もしや長谷川の仲間ではなかろうな。人殺しの鬼がこの村をうろついていると聞いているのだ」

「人殺しの鬼……。おぬし、何者だ？」

三白眼がきつくなった。

「長谷川佐蔵を知っている者だ。やつに話がある」

「ふん、どういう話があるのか知らぬが、おれには関わりのないことだ。御免」

相手はそのまま背を向けて行こうとしたが、時次郎は「待て」と、すぐに呼び止めた。

「この先には人殺しの鬼がいるかもしれぬ」

三白眼は取り合わずに背を向けて歩き出した。時次郎はその背中を見ながら、神楽坂にある料理屋の仲居から聞いたことを思いだした。

――長谷川という人の目も怖いのですけど、もうひとり、背が高く顎のとがった人は白目勝ちで、じっと見られるとゾクッと鳥肌が立つほど怖かったです。五右衛門さんと呼ばれていました。

いま目の前にいる男は、まさにそんな目をしているし、顎もとがっている。こやつが五右衛門か……。そうにちがいない。

「おぬし、五右衛門という名ではなかろうな」

時次郎が問うと、相手が立ち止まって振り返った。三白眼の上にある濃い眉をピクッと動かし、表情を変えた。

「だったらどうする？」

「そうなのか……」

時次郎が刀に手を添えたと同時だった。相手が先に刀を抜き払って斬り込んできた。

さっと後ろに下がって刀を擦りあげ、袈裟懸けの斬撃を送った。三白眼は半間ほど下がって正眼に構え直し、

「きさま、おれの名をどこで……」

やはり、そうなのだ。五右衛門という男だ。

「長谷川佐蔵の居所を教えてくれれば、刀を引く」

時次郎はわずかに間合いを外していったが、五右衛門は聞きはしなかった。そのまま鋭い突きを送り込んできた。時次郎は引回合羽をさっと払うように振った。そのせいで五右衛門の視界が一瞬遮られた。

利那《せつな》、時次郎の刀が刃風をうならせ、五右衛門の右肩をざっくり斬った。

「うぐッ……」

五右衛門は左手一本で刀を持ち、よろめくように下がった。その顔が痛みにゆがんでいる。右肩からあふれる血があっという間に袖を染め、手先からしたたった。

時次郎は即座に間合いを詰めると、五右衛門の首筋に刀をあてがった。五右衛門の体が硬直する。

「長谷川佐蔵はどこにいる。いわねばこのままおぬしの首を刎《は》ねる」

「ま、待て……」

五右衛門の顔から血の気が失せていた。

「どこだ？」

「斬らないと約束するなら教える」

「教えてくれれば斬らぬ。やつは兄の敵なのだ」

五右衛門の目が見開かれた。

「鼠山の百姓家だ」

「それはどこだ？」

「この先にある町の東。徳屋という穀物商の北だ。その辺に行けばわかるはずだ」

「何人の仲間がいる?」

「……し、七人だ。斬るな、斬らないでくれ」

時次郎はさっと刀を引いて、懐紙《かいし》でぬぐって下がった。斬られなかったことにほっとしたのか、五右衛門は片膝をついて、傷を負っている右肩を見た。

「早く手当てをすることだ」

時次郎は背を向けて歩き出したが、背後で五右衛門の動く気配があった。左手一本で背中に一太刀浴びせに来たのだ。

時次郎はさっと腰を落とすなり、そのまま抜刀して五右衛門の腹を横に払い斬った。

「ごふぉッ……」

五右衛門は三白眼を見開き、斬られた腹を見、それから田植えの終わっていない水田に頭から倒れて動かなくなった。

光を照り返す水田に、赤い血がゆっくり広がっていった。

七

兼四郎たちは元表具屋だった空き店で、表の往還を交替で見張っていた。

今朝までの雷雨が嘘のように空は晴れわたっている。湿っていた地面が乾きはじめ、水たまりも徐々に少なくなっていた。

兼四郎は雨戸の節穴に目をつけながら、これからのことを考えつづけている。

このままでは先に進まない。それに、佐蔵一味がこの町をひそかに離れたということもありうる。

もしそうなら、自分たちは無駄なことをしている。

「官兵衛」

兼四郎は背後を振り返った。

煙草を喫《の》んでいた官兵衛が顔を向けてくる。

「佐蔵らの居所はわかっている。たしかめに行こうと思う」

「ひとりで……」

「いや、おまえが行ってくれぬか。いやならおれが行く」

「かまわぬ。おれが行くさ」

「お世津を連れて行くんだ。万が一のことがあれば、お世津を盾《たて》に取れ」

土間にいたお世津が目を見開いた。

「おまえは佐蔵らの仲間だった」

兼四郎は、お世津をまっすぐ見ながらつづける。

「おれたちの人質になっていると、佐蔵らは考えているかもしれぬ」

「旦那、そんなことなどありませんよ。佐蔵って男は知恵のはたらく男です。それに、情け知らずの悪党です。わたしのことなんか心配などしちゃいませんよ。それより、わたしは旦那たちの役に立つことなら何でもしたいんです」

お世津は切実な表情で訴える。

「ならば官兵衛とやつらの隠れ家に行ってくれ。知っているのはおまえだけなのだ」

お世津は戸惑ったふうに官兵衛を見、そして兼四郎に顔を戻した。

「官兵衛さんと二人だけで行くんですか？　もし、佐蔵の仲間に見つかったりしたら……」

「見つからぬように、十分な注意を払って行くのだ。もっとも、相手も警戒はしているだろうが、ここでじっとしていてもどうにもならぬ」

「だったら旦那と官兵衛さんで行けばいいじゃありませんか」

お世津は気乗りしないようだ。

「旦那……」

裏口から表を見張っていた定次が、緊張した顔で振り返った。

「どうした?」

「先に林がありますね。そこの田んぼの先の林です。誰かが通っていきました」

「何人だ?」

「ひとりです」

「どんな男だ?」

定次は、木立が邪魔をしてよく見えなかったという。

兼四郎はさっとお世津を見て、

「定次のいう男を見てくれ。またあらわれるかもしれぬ」

と告げ、自分も定次の横に行って裏の林に目を向けた。お世津も隣に来て節穴に目をつけて見る。

「定次、どの辺だ?」

「四、五本立っている樫《かし》の木の裏でした。東のほうへ行ったんですが……」

もう見えないなと、定次は言葉を足す。

「あの林の東というと、お世津のいう鼠山のほうではないか……」

兼四郎が節穴から目を離してお世津を見ると、そうだとうなずく。

「こっちの様子を探りに来たんでしょう」

定次はそういってから、

「あっしらがどこにいるかわからないからですよ」

と、言葉を足す。

そのとき、表からガラガラという車輪の音が聞こえてきた。三人は一斉に戸口のほうを見て、そちらに駆けた。

「何事だ？」

兼四郎がつぶやくと、いち早く戸口の節穴に目をつけたお世津が、

「この道のずっと先にある村の百姓たちよ。雨があがったから江戸に商売に行き、今日のうちにまた村に戻るんです」

そう説明する。

たしかに野菜などを積んだ大八車だった。それは三台あり、一台に頬被《ほっかむ》りをした三人の百姓たちがついていた。

「おまえの仲間ではあるまいな？」

兼四郎は疑ぐり深くなっている。お世津はかぶりを振ってちがうと否定する。

「この町にあった店を佐蔵たちが襲ったというのは聞いたが、骸はどこにやっ

た？」

「鼠山の近くですよ。どこに埋めたか知らないけど……」

「村には役人がいる。逃げた百姓たちは相談に行っていないのか？」

「村役人は十人ほど連れてやって来ましたわ。でも、わたしたちには気づかずに戻って行ったんです」

「すると、この村を襲った賊は、もうどこかへ行ってしまったと、そう考えたのか？」

「どう考えたか知りませんけど……。でも、旦那たちが来たではありませんか」

お世津は兼四郎を見、そして官兵衛を見て言葉を足す。

「旦那たちはわたしが佐蔵らの仲間だと思っているでしょうけど、わたしは何も知らずに来たんです。まさか、この町を乗っ取るように商家に押し入って……」

お世津は大きなため息をついて、かぶりを振り、

「だって、なんの罪もない人たちを皆殺しにしたんですよ。そんなことを知っているのに、盾突けやしないじゃありませんか」

目を真っ赤にして涙を浮かべた。

兼四郎はその顔を冷めた目で眺めた。

（この女のいうことを、どこまで信用すればよいのだ）

そんな思いがあった。

「それで兄貴、どうするんだ？　やつらの隠れ家をたしかめに行くのか？」

「さっき、定次が見たという男のことが気になる。もう少し様子を見よう。昨日とちがい、表はあかるすぎる。身をうまく隠したとしても、やつらがどこで見張っているかわからぬ」

「こっちからやつらをおびき出すように仕組んだらどうだ？」

「どう仕組む？」

兼四郎は官兵衛を見る。

「まあ、ちょいと考えよう」

官兵衛はいつになく真剣な顔つきで腕を組んだ。

「旦那、官兵衛さん」

裏を見張っている定次が声をひそめ、硬い顔で来てくれという。

第五章　助っ人

一

「ここにいることに気づかれたかもしれません」

定次はそういって、また戸板の節穴に目をつけた。兼四郎は小さく戸を開けて、表を見た。誰もいない。

「どこだ？」

「見えなくなりました。ですが、棒縞《ぼうじま》の着物に股引を穿《は》いていました。枇杷《びわ》の木のそばに柚《ゆず》の藪《やぶ》があるでしょう。あそこに隠れてこっちを見ていたんです」

「兄貴、ここが見つかったのだ。じっとしておれば、また襲われることになるぞ。どうする」

官兵衛が見てくる。

「やつらの居所はわかっている。だが、いまもそこにいるとはかぎらぬ」

兼四郎は一度お世津に目をやってつづける。

「おれが見に行ってこよう。おまえたちは別の家に移ってくれ」

「別の家ってどこだ？」

官兵衛が聞く。

「往還を見通せるところがいい」

「だったら、藤吉さんがいた伊勢屋がいいわ」

いったのはお世津だった。

「あの万屋か……」

官兵衛がお世津を見る。

「あそこは二階もあるから見晴らしがいいの」

兼四郎はそういうお世津を静かに見つめた。その視線に気づいたお世津が「なんです？」と、警戒の目を返してくる。

「おまえはあやつらの仲間だった。そして、いまもそうだ」

「ちがいます」

お世津は強く遮ってつづける。

「わたしはあの連中から逃げたくて仕方なかった。気を強く持って接していたけど、ほんとは怖かった。だって、平気で人を殺す連中よ。そんなやつらとずっと付き合っていけるわけないでしょう。わたしはもっとましな生き方をしたい。旦那たちが守ってくれるなら、なんだってします。だから、そんな疑うような目で見ないでください」

「兄貴、お世津はこういっているんだ。もうおれたちの仲間でいいのではないか……」

官兵衛はお世津の肩を持つようなことを口にする。

「……伊勢屋に移っていろ。いうまでもないが、くれぐれも見つかるようなヘマはするな」

兼四郎は短く思案してからいった。

「承知だ。それより、兄貴こそ気をつけろ」

官兵衛にうなずいた兼四郎は、動きやすいように手早く襷をかけると、そっと勝手口から表に出た。

佐蔵たちが根城にしている百姓家の場所は、お世津から聞いているので見当はついていた。まっすぐ行けばさほどの距離ではないが、どこに見張りがひそんでいるかわからない。兼四郎はいったん椎名町を外れ、大きく迂回《うかい》することにした。

その頃、牧野時次郎は五右衛門から聞いた百姓家の近くに来ていた。一度あたりに注意の目を配り、ゆっくり近づいていった。この村にある百姓家にしては大きな家だった。

閉められている雨戸に耳をつけて、屋内の声を拾おうとしたが、物音もしなければ人の声もしない。節穴に目をつけてのぞいても、うす暗い家のなかに人はいなかった。

(場所を変えたか)

用心して裏にまわった。

やはり人のいる気配はない。刀を抜き、勝手口の戸を開け、ゆっくり足を進める。土間を進んで座敷の前に立った。

誰もいない。

(あやつ、嘘をついたのでは……)

五右衛門に騙されたかもしれないと思った。だが、台所の竈《かまど》に手をかざし、灰を掬《すく》うとまだぬくもりがあった。この竈が使われてさほどたっていない。時次郎はしゃがんだまま視線をめぐらして、座敷にあがった。

茶碗や湯呑みなどの器が転がっていて、奥の部屋には布団がぞんざいにたたまれていた。それも一組ではなく、いくつもある。簞笥を引き開けると、たたまれた着物があった。

少し前までここに人がいたのはたしかだ。だが、それが長谷川佐蔵たちかどうかはわからない。

隣の座敷には仏壇が置かれていた。やはり、使われた器が畳の上に転がっていた。

片側に押し入れがあったので、開けてみた。上の段には布団が積まれていた。湿り黴《かび》の生えたような臭いが鼻をつく。

下の段には木箱が置かれていた。蓋を開けて、驚いた。

うす暗い部屋のなかでも、それが金だとわかったからだ。小判はないが、一分金や一文銭などがぎっしりある。

「なんだこの金は……」

手を入れて掬い取った。小金ばかりだが、かなりの量だ。

（もしや佐蔵らが奪い取った金では……）

時次郎は目を光らせて、手から金をこぼした。じゃらじゃらという音がうす暗い屋内にひびいたが、すぐにやんだ。表から鴉《からす》の鳴き騒ぐ声が聞こえてきた。

時次郎は表戸から外に出た。周囲は林でなだらかな下り坂があった。そのまま坂道を下り、町のほうに向かった。

道には木漏れ日があり、途中で右と左にわかれていた。左へ行こうとしたとき、右の道に人の影が見えた。ギョッとなって足を止めると、二人の男が物陰に隠れるように腰を低くして先に進んでいる。

（佐蔵の仲間だな）

時次郎は始末しようと考えた。佐蔵に仲間がいるのはわかっている。つまり、佐蔵はその仲間に守られているのだ。

時次郎は足音を忍ばせて、二人の男の背後に迫った。ひとりは髷のうすい小男で、もうひとりは肩幅が広く太っていた。

二人はやはり、藪や木の陰に身を隠すようにして進んでいて、背後に迫る時次郎には気づいていない。距離が四間ほどになったときだった。

時次郎の足が、地面に転がっていた枯れ枝を踏んで、ぼきっという音を立てた。

二人の男がギョッとして振り返ったのはすぐだ。

二

「やっ、てめえ」

目を吊りあげ声を荒らげたのは小男のほうだった。形相《ぎょうそう》は険しいが、垂れ眉のせいで迫力に欠ける。しかし、その双眸は鋭かった。

「おぬしら、長谷川佐蔵の仲間だな」

時次郎が問うのと小男が腰から抜いた鳶口でかかってきたのはすぐだ。怖ろしく敏捷《びんしょう》な男だった。

時次郎はとっさに下がりながら刀を抜いたが、小男は猛然と鳶口を振りまわす。

「承五郎、気をつけるんだ」

もうひとりの男が注意をうながしたが、承五郎と呼ばれた小男は右へ跳んだり、左へ跳んだりしながら打ちかかってくる。

時次郎は鳶口を払おうとするが、承五郎の動きが速すぎてかすることもできない。

「この野郎、逃げてばかりいねえで、かかってこねえかッ！　刀なんざ怖くもなんともねえんだ」

承五郎は腰を落とし、前屈《まえかが》みになって右手に持った鳶口を高くかざす。

「佐蔵はどこいる？」

「しゃらくせえ！」

つばきを飛ばした承五郎は、正面からかかってきた。

時次郎が半身をひねってかわすと、臑《すね》を払うように鳶口を振ってくる。

時次郎は跳んでかわすと、右肩を狙って刀を振り落とした。ところが、承五郎の鳶口の動きが速く、被っていた深編笠がはじき飛ばされた。

一瞬、視界から承五郎の姿が消えた。はっとして横に動くなり背後から襲いかかられ、首に片腕をまわされてそのまま絞められた。

怖ろしく身のこなしの軽い男だ。だが、感心している場合ではなかった。背後から組みついた承五郎は、時次郎の首を左腕で絞めながら、右手で持った鳶口を頭に打ちつけようとする。

時次郎は承五郎の右手をつかみ、必死に防御する。首が絞められて苦しいので、左手の刀を地面に落として、首に巻きついた腕をほどこうとするがうまくいかない。

立っていては不利なので、時次郎は横に倒れた。そこは蔦のからまった低木樹の藪で、棘《とげ》のある葉がチクチクと顔を刺した。

時次郎はそんなことにかまっている暇はない。とにかく承五郎の腕を離さないと、首を絞められ窒息《ちっそく》するか、頭蓋骨《ずがいこつ》に鳶口をたたきつけられるかだ。

時次郎は横に転がった。ガサゴソと藪が激しい音を立て、絡《から》まった二人の体にかき分けられていく。

どんと何かにぶつかり、動きが止まった。同時に「うっ」と、時次郎がうめいた。そばにあった杉の木に背中をぶつけたのだ。

承五郎の腕の力が抜けたのはその一瞬だった。時次郎はとっさに腕を振りほどき、前に跳んで一回転した。片膝をつき、自分の刀を探す。二間ほど先にあった。

地を蹴って前に跳び、刀をつかんだとき、背後に承五郎の気配。時次郎は横に転がりながら、鳶口を振りあげ覆い被さるようにしてくる承五郎の左腕を斬った。

ぴっと血の筋が木漏れ日のなかに迸《ほとばし》ったが、傷は浅いようで承五郎は怯《ひる》まない。時次郎は立ちあがって、間合いを取った。

息が切れそうだ。口を開けて大きく息を吸い、吐き出した。承五郎の呼吸も乱れていた。激しく肩を動かしている。

「来やがれ」

時次郎は誘いの声をかけた。

承五郎が低く腰を落としたまま間合いを詰めてくる。鳶口を振りあげ、そのまま地を蹴って跳んだ。

転瞬、時次郎は一尺ほど右へ体をひねりながら、逆袈裟に刀を振りあげた。肉を斬る鈍い音と手応え。どさりと、承五郎が地に転がった。

「てめェ……」

脇腹を斬られたというのに、承五郎は気丈にも鳶口を振りあげた。だが、そこまでだった。焦点の合わない目になり、横に倒れたのだ。じわじわと広がる鮮血を地面がゆっくり吸い取っていた。

「こやつ……」

時次郎は承五郎の死体を見下ろして、大きく喘《あえ》ぐように息を吸った。それからさっとまわりに視線をめぐらせたが、もうひとりの男の姿はなかった。

藤吉の知らせを受けた佐蔵は、仲間に喧嘩支度を調えさせていた。藤吉が浪人奉行たちの隠れ家を見つけてきたのだ。

「おい、支度はいいか？」

佐蔵は仲間を振り返った。岸本竜太郎と大男の巳喜造が力強くうなずく。藤吉も長脇差を右手に持ち、襷をかけ尻端折りしていた。

承五郎と伝兵衛は見張りをするために、浪人奉行たちのいる店に向かっていていなかった。

「拓三、ここにいろ。おつる、妙な考えを起こすな」

佐蔵はおつるに釘を刺して戸口を引き開けた。同時に息を切らしながら、伝兵衛が駆け戻ってきた。両手で空を掻きむしるような慌てぶりだ。

「いかがした？」

駆け戻ってきた伝兵衛は、両手を膝について、

「ろ、浪人奉行に出くわしたんです」

と、つばを呑みながらいった。

「どこでだ？」

佐蔵はカッとみはった目を光らせた。

「坂を上った先です。承五郎が相手をしていますが、どうなったかわかりませ
ん」

「浪人奉行はひとりか？」

「さようです」

「よし、みんな承五郎の助をする。遅れるな」

佐蔵は仲間に声をかけるなり駆けだした。

しかし、坂を駆け上がったところには誰もいなかった。

「どこだ？」

佐蔵は視線をめぐらせるが、浪人奉行の姿も、承五郎の姿もない。林の奥で鳥
たちが鳴いているだけだ。

周囲を見ながらゆっくり足を進めたとき、巳喜造が「あっ」と声を漏らし、

「あそこに誰か倒れている」

と、指さした。

六尺はゆうにある巳喜造だから見つけることができたのだ。佐蔵が巳喜造のいうほうに歩いて行くと、木漏れ日のなかに承五郎が倒れていた。

「おい承五郎、いかがした？」

佐蔵は片膝をついて承五郎の肩を揺すったが、もはや手遅れだとわかった。腹のあたりに大量の血痕《けっこん》があり、承五郎は焦点の合わないうつろな目を開けているだけだった。

すぐ近くに顎紐《あごひも》が切れ、破れた深編笠が転がっていた。承五郎を斬った浪人奉行のものだろう。

「くそっ、承五郎まで……」

佐蔵はぎりぎりと奥歯を嚙み、一方をにらむように凝視した。

仲間を二人も失った。三好拓三は左腕に深い傷を負っているので、使える仲間は四人だけだ。

「佐蔵さん、どうします？」

岸本竜太郎が呆然《ぼうぜん》とした顔で聞いてきた。

「どうもこうもない。浪人奉行を始末するだけだ。行くぞ」

佐蔵は勢いよく立ちあがった。

「浪人奉行は手強い相手だといいましたね」

佐蔵はそういう岸本を見た。

「だからなんだと申す？」

「五右衛門殿を待ったらどうです？　ここでまともに刀を使えるのは、おれと佐蔵さんだけですよ。相手は三人でしょう」

「おれのことを忘れたか……」

巳喜造が不満顔をした。岸本は巳喜造をちらりと仰ぎ見てから佐蔵に視線を戻した。

「やつらは逃げやしないでしょう。五右衛門殿を待つのが得策ではありませんか」

佐蔵は迷った。たしかに岸本のいうとおりかもしれない。腹のなかは煮えくり返っているが、冷静になるべきだと内心にいい聞かせる。

「……わかった。五右衛門を待とう」

佐蔵は折れた。

三

兼四郎は大きく迂回して、安全な道を辿りながら鼠山の百姓家に向かってい た。やはり野良仕事をしている百姓たちの姿はなかった。

小高い丘に登って清戸道を眺めると、遠くから歩いてくる二人の旅人の姿があった。背中に風呂敷や箱を背負っているので行商人のようだ。

朝からそんな行商人を何人か見ていたが、百姓はひとりも見なかった。

あの老婆がいったように、人殺しの鬼を怖れて村を離れているのだろう。その人殺しの鬼こそ、長谷川佐蔵と仲間たちだ。

お世津は何人殺したかわからないという。自分が知っているだけでも十人は下らないが、佐蔵たちは極悪非道な殺戮《さつりく》をしたので、犠牲者は三、四十人いるのではないかといった。

まったくもって凶悪極まりない所業である。兼四郎は絶対に佐蔵一味を殲滅《せんめつ》させてやると、固く胸に誓っていた。

迂回したので手間取ったが、鼠山までさほどの距離ではないはずだ。林のなかを抜け、細い村の道を辿る。

田に引き込まれた細い水路が、心地よい音を立てて流れていた。あかるい光を受ける水田は、きらきらと清冽《せいれつ》な光を放っていた。

竹林のつづく脇道に差しかかったときだった。一方の藪がゴソッと音を立てたかと思うと、黒い影が飛び出してきた。手には鋭く光る刀があり、兼四郎が驚いて立ち止まる暇も与えずに斬り込んできた。

かろうじて一撃をかわしたが、羽織の裾を切られていた。

「きさま……」

兼四郎は刀を抜いて、右にまわった。

相手もその動きに合わせて剣先を動かしてくる。丸顔で鷲鼻だ。ひげの剃りあとが青々としている。

「とおーッ」

鋭い突きを送り込まれた。

兼四郎は相手の刀をすり落とすなり、顎を打ち砕くように刀を振りあげた。跳びすさってかわされる。

「おれを殺しに来たのだろうが、そうはさせぬ」

鷲鼻は低くくぐもった声を漏らす。双眸をまがまがしく光らせ、殺気をみなぎらせていた。兼四郎は無言のまま間合いを詰める。

「きさまら、何人殺《あや》めれば気がすむのだ。だが、悪事もこれまで。覚悟するがよい」

兼四郎はつぶやくような声を漏らしたと同時に、水もたまらぬ早業《はやわざ》で鷲鼻の左肩へ鋭い撃ち込みを放った。さっと翻《ひるがえ》った鷲鼻の羽織をかすっただけだった。

鷲鼻はすかさず胴を抜くように反撃してきた。兼四郎は刀を垂直に立てる恰好《かっこう》になって防ぎ、すぐさま面に撃ち込んだ。

ガチン！

耳朶《じだ》をたたく鋼《はがね》の音がして、二人は同時に跳びすさって離れ、攻防一体の正眼の構えに戻った。鷲鼻も間合い二間半で正眼に構え直した。

「佐蔵はどこだ？」

「なんだと……」

鷲鼻は眉を動かして眉宇をひそめた。詰めようとした足を止め、

「きさま、何者だ？」

と、問い返してくる。

「問うまでもなかろう。おぬしらを成敗に来たのだ」

鷲鼻は眉間にしわを彫り、首をかしげてまた下がった。

「きさま、佐蔵の仲間ではないのか……」

今度は問われた兼四郎が首をかしげ、眉宇をひそめた。

「妙だな」

鷲鼻がつぶやく。兼四郎も妙だと思った。

「おれは、この村を襲った長谷川佐蔵とその仲間を討ちに来たのだ」

「まことか」

「きさま、佐蔵の仲間ではないのか？」

「ちがう」

鷲鼻がゆっくり刀を下げた。兼四郎もそれにならった。

「では、何故《なにゆえ》おれを襲った？」

「佐蔵の仲間だと思ったからだ」

「おれもおぬしを佐蔵の仲間だと思った。おれは八雲兼四郎というが、おぬしは？」

「牧野時次郎、長谷川佐蔵はおれの兄を殺した許せぬ男。だから敵を討ちに来たのだ」

「まことであろうな」

「嘘はいわぬ」

牧野時次郎と名乗った鷲鼻から殺気が消えていた。

「八雲と申したな。どこへ行くつもりだったのだ？」

「佐蔵らがいる百姓家を探りに行くところなのだ」

「鼠山の麓《ふもと》にある百姓家か？」

「なぜ、知っている？」

「この村を流れる川のそばで佐蔵の仲間に出くわし、そこで斬り合いをした。相手は五右衛門という男で、佐蔵たちのことを白状させたのだ。じつはおれもその百姓家へ行ってきたばかりなのだ。だが、やつらはいなかった」

「いなかった……」

兼四郎は片眉を動かした。

「ああ、もぬけの殻だ。だが、あの家に佐蔵らがいたのはたしかだろう」

時次郎はそういって百姓家の様子を手短に話した。

「するとやつらは隠れ家を移ったのだな」

「そういうことだろう。それから、ついさっきもやつの仲間に出会った。しぶとい男だったが、斬り捨てた。だが、そのときもうひとり仲間がいて、おれのことを知らせに行ったはずだ。斬り捨てた男は、承五郎と呼ばれていた」

兼四郎はひくっとこめかみの皮膚を動かした。承五郎という名は、お世津から聞いていた。

「どうやら牧野殿は味方のようだな。おれには連れがいる。そこへ案内しよう」

四

「それにしても人通りの少ない道だ。さっきから三人しか見ておらぬ」

二階の窓に張りついている官兵衛は、定次とお世津を振り返った。

「佐蔵という悪党も、その仲間も姿が見えぬ。いったい何をしているんだ」

「まさか、この町を離れたのでは……」

定次だった。

「そんなことはありませんよ。あの男は逃げやしませんよ」

お世津が茶を淹れながらいう。

「兄貴は大丈夫かな」

官兵衛は少し心配になっていた。もしや、佐蔵らに見つかったのではないかと。しかし、兄貴にかぎってそんなことはないだろうと、胸のうちで否定する。

「気になるんですけど、ほんとうにあなたたちはお役人なんですか？」

お世津が茶を差し出しながら、官兵衛と定次を見た。

「そうではない」

官兵衛がさらっと答えると、お世津が目を見開いた。

「それじゃ、浪人奉行というのは……」

「ある寺の和尚さんが勝手につけられたんだ。だけど、おれたちは江戸の郊外で悪事をはたらく外道《げどう》を成敗するのが仕事だ」

定次は片頬に楽しそうな笑みを浮かべた。

「どういうこと？」

お世津は睫《まつげ》を動かして、目をしばたたく。

「定次がいったとおりのことさ」

官兵衛も口の端に笑みを浮かべ、ああ、暑くなってきたと、団扇《うちわ》で胸に風を送る。

そのとき、階下で物音がした。官兵衛たちははっと息を呑み、耳をすました。

「官兵衛、定次……」

兼四郎の声だった。

「ここです」

土間に入った兼四郎は、二階にかけてある梯子《はしご》の上を見た。定次が顔をのぞかせている。

「その人は？」

聞かれた兼四郎は、牧野時次郎を見てから言葉を継いだ。

「おれたちの味方だ。下りてこい。話がある」

二階にいた三人が居間に下りてくると、時次郎が驚いた顔をした。

「そのほうらは……」

「どうした？」

官兵衛が眉宇をひそめる。

「八雲殿の仲間だったのか。そうとは知らずに……」

「いかがした？」

兼四郎は時次郎を見た。

「いや、この二人のことをわたしは知っているのだ。昨日、佐蔵の仲間だと思い不意打ちをかけたのだが……」

「や、すると黒頭巾の」

官兵衛が細い目を見開いて時次郎を見た。

「さよう。そうだとは知らず早まったことをした。許してもらいたい」

時次郎は官兵衛と定次に頭を下げた。

「ちっ、おれもおまえさんを佐蔵の仲間だと思ったのだ。あの折は肝が冷えた」

「まことにすまなんだ」

「それで、あんたは……」

官兵衛が問うと、兼四郎が牧野時次郎を紹介した。

「敵を討ちに……」

官兵衛は時次郎を見る。

「兄の敵だ。長谷川佐蔵が斬ったのはわかっている。貴公らのことも聞いた。とんだ人助けであるな」

「人の風上にも置けぬ極悪人どもだ。放ってはおけぬ」

「それで、やつらはどこにいるのだ？」

「わからぬ」

官兵衛は首を振る。

「やつらがあらわれるのを待っているのか?」

「様子を見ているだけだ」

官兵衛はそういってから、

「兄貴、やつらの隠れ家に行ったのではないのか?」

と、兼四郎に顔を向けた。

「行くまでもなかった。牧野殿が先に行ってたしかめていた。お世津のいう百姓家には誰もいなかった」

「ならば、どこに……」

お世津は目をみはる。

「この町のどこかにひそんでいるはずだ。牧野殿は二人の男と出くわしている。一人は斬ったそうだが、もう一人は逃げたそうだ。佐蔵らはすでに知っているだろう」

「誰を斬ったのです?」

お世津は時次郎を見た。

「承五郎と呼ばれていた。鳶口でかかってきたが、怖ろしいほど身の軽い男で往生した」

「承五郎が……」

お世津は驚いたようにつぶやく。

「おまえは佐蔵らの仲間だったらしいな。なぜ、あやつらとつるんでいたのだ？」

「なぜって……。無理矢理、連れてこられたんです。いい思いをさせる、金に不自由しない暮らしをさせてやるといわれて。気乗りしなかったんですけど、いつの間にかあの仲間から逃げられなくなって……」

「佐蔵とは古い付き合いなのか？」

時次郎はお世津を凝視する。

「知り合ったのは半年ぐらい前です。神楽坂で酌取《しゃくと》りをしていたんですけど、このご時世だから景気のいい人なんていやしない。だから……」

「佐蔵に誘われるまま仲間になったというか……愚かなことだ」

時次郎は侮蔑《ぶべつ》の目でお世津を見た。

兼四郎もお世津がまともな女でないというのはわかっていたが、やはり酌婦《しゃくふ》だったかと、いまさらながらあきれた。

「鼠山の百姓家には誰もいなかったが、金箱《かねばこ》があった。この町の店から盗んだものだろう。やつらはその金を取りにあの家に戻るはずだ」

時次郎は青々としている顎をさすって考える目をした。

「その家で待ち伏せするというのか？　それもいいかもしれぬ」

官兵衛はそういって兼四郎を見た。

「だが、やつらがいつ戻るかわからぬ。おそらくおれたちを殺したあとでいいと考えているはずだ。やつらにとっておれたちは邪魔者だ」

「金箱にはいくら入っていたのです？」

お世津は時次郎を見た。そのお世津を兼四郎は冷めた目で眺めた。

「わからぬ。あっても二、三百両だろう。なんだ、気になるのか？」

「いえ……」

お世津はうつむいた。

「とにかくこっちには味方が増えた。もはや、やつらがあらわれるのを待つことはなかろう」

兼四郎はどこにいるかわからぬ敵と、にらみ合うように隠れていても仕方がないと考えていた。

「こっちから出て行くってことかい」

官兵衛はそうしたほうが手っ取り早いだろうと、言葉を足した。

「旦那」

緊張した声を漏らしたのは、表を見ていた定次だった。

「なんだ？」

「妙な男たちが来ます」

兼四郎は戸口に行って、表をのぞき見た。

清戸道の西のほうからやってくる三人の男たちがいた。三人とも総髪《そうはつ》でひげ面である。いかにも食いつめた武士のような面構えで、旅塵《りょじん》にまみれた羽織袴姿だ。

「まさか佐蔵の仲間では……」

定次がいうと、隣で表を見ていたお世津が、

「あんな男たちは知らないわ」

と、声をひそめる。

「すると旅の浪人か……」

兼四郎にはそのようにしか見えなかったが、男たちは旅装でもなく旅道具など

も持っていなかった。三人は町の途中で立ち止まり、あたりを見まわしながら短く言葉を交わすと、再び江戸のほうへ歩いていった。

五

「佐蔵さん、おかしな野郎が来ます」

表の見張りについていた藤吉が、座敷にいる一味に告げた。

「おかしな野郎……」

「やつらの仲間では？」

佐蔵は目を厳しくして立ちあがると、藤吉の横に行って表を探った。三人の男たちが近づいてくる。浪人のようだが、垢抜けしない芋侍だ。

「浪人奉行の仲間か……」

「まさか、あんな男たちが……」

藤吉はつぶやきながら首をかしげる。

佐蔵は戸板の節穴から表をのぞき見た。歩いてくる三人は、どう見ても役人の助っ人だとは思えない。ふてぶてしい面構えに飢えたような目。

（味方につけられるかもしれぬ）

そう直感した。浪人奉行は三人。その三人に、仲間が二人殺され、一人は腕に傷を負って使えない体になっている。

戦えるのは自分と岸本竜太郎と巳喜造だけだ。だが、岸本も巳喜造も頼りないところがある。数を揃えれば、浪人奉行など怖れることはない。

そんなことを考えているうちに三人の浪人は、徳屋の前を素通りして見えなくなった。

「藤吉、いまの三人を追いかけてここに連れてきてくれ。話をしたい」

「あんな連中に何の話をするんです？」

「いいから行ってこい」

「へ、へえ。それじゃ」

藤吉はガラッと戸口を開けると、江戸のほうへ去った三人を追いかけていった。

「佐蔵さん、どんな話をするんです？」

岸本竜太郎が怪訝そうな顔を向けてきた。

「考えがある。まあ、ものは試しだ」

「そんなことより、やつらの居所はわかっているんです。モタモタしてる場合ではないでしょう」

「やつらを甘く見るな。おれは浪人奉行と斬り合いをやって、いかほどの腕かわかった。あやつは並の腕ではない。もうひとりの男はどうかわからぬが……」

「もうひとりは小者でしょう。相手は二人なんです。こっちは三人。伝兵衛は使えないとしても、藤吉もいい助ばたらきをします」

「死にたいのか」

佐蔵は底光りのする目を岸本に向けた。

「へっ……」

「長生きしたきゃ頭を使うんだ」

佐蔵は煙管を取り出した。

そのとき、藤吉が三人の男を連れて戻ってきた。

「なんだ、この町はどこもやってないと思っていたが……」

えらの張った男が佐蔵らを眺め、土間奥にいたおつるに目を留めると、にやりと笑った。

「この町はどこも店を閉めている。それにはちょっとしたわけがあるのだ。おれは長谷川佐蔵という」

えらの張った男が鋭い眼光を向けてくる。

「何かおれたちに話があるようだな。なんだ？」

「どこから来たのか知らぬが、江戸へ行くのか？」

「ああ、そうだ」

「仕事を探しているのなら、無駄だ。江戸にははたらき口などない」

「稼ぎ口はおれたちが決めることだ」

えらの張った男は、二人の仲間を見る。

ひとりは垂れたゲジゲジ眉、もうひとりは馬面《うまづら》だった。揃ったように襟《えり》や袖の擦り切れた襤褸《ぼろ》を纏っている。飢えた狼《おおかみ》のごとき男たちだった。

「ここで稼ぐことはできる」

えらの張った男はピクッと眉を動かした。

「ひと稼ぎしないか。前金で十両、うまくいったらもう十両。合わせて二十両。まあ、日が暮れるまでに仕事は終わるだろう」

「どういうことだ」

えらの張った男は興味を示した。

「この町におれたちの命を狙っている男たちがいる。助をしてくれぬか」

「なんだ、そんなことか。どんな野郎に命を狙われているのか知らぬが、三十両なら請け合う。前金で十五両だ」

えらの張った男はあっさり乗ってきたが、少しは駆け引きを心得ているようだ。

「よかろう」

佐蔵は伝兵衛に顎をしゃくって金をわたせといった。伝兵衛が財布から金をつかみ取り、座敷の上がり口に置いた。

えらの張った男は、毛むくじゃらの腕を伸ばし、金をわしづかみした。交渉は成立である。

えらの張った男は木津《きづ》啓三郎《けいざぶろう》。通称は〝蜘蛛木津《くもきづ》〟だと自己紹介した。

垂れたゲジゲジ眉は、中路《なかじ》源五郎《げんごろう》。〝源五郎〟と呼んでくれと自らいう。

馬面は徳永《とくなが》助十郎《すけじゅうろう》。蜘蛛木津が〝助十《すけじゅう》〟と呼べばいいと紹介した。

三人とも、よくいえば野武士だろうが、やはり貧乏な田舎侍にしか見えなかった。

「助っ人仕事は喜んでやるが、何か食い物はないか」

蜘蛛木津が腹のあたりをさすりながらいう。

「にぎり飯ならすぐにできるだろう」

「頼む」

佐蔵はおつるににぎり飯を作るように命じた。にぎり飯ができるまで、佐蔵は蜘蛛木津らにどこから来たとか、仕事は何をしているなどと、通りいっぺんのことを聞いた。

三人は上野安中藩《あんなかはん》の郷士《ごうし》だったらしいが、飢饉のあおりを受け二進も三進もいかなくなり、方々をわたり歩き、ついに江戸をめざすことにしたと話した。

（おそらく、ろくなことはやっていないだろう）

佐蔵は話を聞きながら、三人が漂わせる悪辣《あくらつ》な匂いを敏感に感じ取っていた。

にぎり飯が運ばれてくると、三人は飢えた野良犬のようにむしゃぶりつき、喉を鳴らして茶を飲み、たくあんをぽりぽり嚙んでは、またにぎり飯にかぶりついた。

その食べる様を、佐蔵はあきれたように眺めていた。

「よし、腹拵《はらごしら》えはできた。いつでもいいぜ」

小腹を満たした蜘蛛木津が、口の端についている飯粒を嘗め取って佐蔵を見た。

六

おつるは失意のどん底を味わっていた。

佐蔵一味から逃げる機会はいっこうに訪れない。浪人奉行という役人がそばまで来ているのに、大きな変化はなかった。

役人ならもっと大勢の捕り方を仕立てて、佐蔵一味をあっという間に取り押さえてくれるのではないかと期待していたのだが、佐蔵には新たに三人の男が加勢することになった。

もし、浪人奉行という役人が殺されてしまえば、自分はもう逃げられない。

そんなことを考えると、心細さと恐怖で心の臓が縮み、我知らず体がふるえてしまう。泣いたら自由にしてくれるのであればそうしたいが、佐蔵に、女の涙は嫌いだ、泣くなと怒鳴られた。

だからおつるは、生きた心地のしない恐怖を味わいながら必死に耐えるしかなかった。

台所で洗い物をしていると、こっちに来いと座敷に呼ばれた。

「ひとはたらきしてくる。帰ってきたら何かうまいものを作ってくれ。拓三と近くの百姓家に行けば、食い物が見つかるはずだ」

おつるは押し黙ったまま左腕を怪我している三好拓三を見る。

「伝兵衛、鼠山の家に行って、あれを運んできてくれるか」

おつるのことなど気にせず、佐蔵はつぎつぎと指図をする。

「承知しました。ですが、気をつけてくださいよ」

番頭役の伝兵衛はそういって腰をあげた。他の者たちは喧嘩支度をしていた。

新たに加わった三人の男は、すでに表に出て待っている。

「あの……」

おつるは思い切って声をかけた。

新しい草鞋を履いていた佐蔵が顔を向けてくる。

「なんだ？」

「あの、わたしはいつまでいっしょにいればいいのです？」

佐蔵が冷たい目を向けてきた。表情からこの男の心のうちは読めない。

「おれたちといるのがいやか？」

「………」

「いやでも、おまえはいっしょにいるのだ。これから先ずっとということではないが、当面はおれのそばを離れるな」

おつるは目の前が真っ暗になった。

「もう許してもらえませんか。家に帰してもらえませんか……」

泣きそうな顔でふるえ声を漏らした。

「この大事なときに面倒なことをぬかす。話はあとだ」

佐蔵はさっと立ちあがると、仲間を見て、

「行くぞ」

と、声をかけ、戸口を出て行った。

あとに藤吉、巳喜造、岸本竜太郎がつづいた。

残ったのは、伝兵衛と三好拓三だけだ。

「おつる、あきらめなさいな。佐蔵さんはああいういい方をするが、決して悪いようにはしない」

伝兵衛は慰めのつもりでいってくれるのだろうが、おつるには虚しい言葉にしか聞こえない。

「おつる、食い物を探しに行く。ついてこい」

裏の勝手口にいた拓三が声をかけてきた。

おつるはおとなしくあとに従うしかない。表に出ると眩《まぶ》しいくらいのあかるい日の光に身を包まれた。

野山の木々は昨日までの雨を吸ったせいか、鮮やかな青葉を茂らせていた。

「こっちだ」

先を歩く拓三が振り返って顎をしゃくる。左腕に力が入らないらしく、肘を折り曲げていた。

おつるは拓三について行きながら、この人から逃げることはできないだろうかと考えた。片腕が使えないのだし、命がけで走れば逃げられるかもしれない。

（逃げよう）

自分のなかのもうひとりが囁きかける。しかし、勇気を出せない。捕まったときのことを考えると、怖ろしくて足がすくみそうになる。

拓三は左腕は使えなくても、右手は達者だ。足も丈夫そうだ。逃げてもすぐ捕まる気がする。それに腰には刀がある。

おつるは自分が逃げる場面を想像した。

拓三を後ろから突き飛ばして逃げる。だけど、拓三はすぐに起きあがり、追いかけてくる。捕まえられないと思った拓三は、脇差を抜いて投げる。

その脇差が自分の背中に突き刺さる。

(いやだ)

おつるは悪い妄想を振り払うように首を振った。

しばらく上り坂がつづいて、息が切れた。拓三はこの丘を越えた先に、数軒の百姓家があるという。

その家には誰も住んでいない。おつるはもう知っていた。佐蔵たちは町と村を襲い、人を殺して金目になるものをことごとく略奪している。

金もあるし、什器《じゅうき》も反物《たんもの》もある。まだ古くない着物も集めていた。それらはみな鼠山の百姓家に隠されていた。

「少し休もう」

拓三が石に腰を下ろしてここに来いという。

おつるは黙って従った。

「おまえ、逃げたいだろう。おれたちといるのがいやなんだな」

「…………」

「おれがおまえを逃がしてもいいんだが……」

おつるははっと目をみはった。この人が救いの神になるかもしれないと思った。

「逃がしてください」

「逃がしてもいいんだがな」

拓三は足許に咲いている蛇苺《へびいちご》の赤い花を摘んで近くに放り投げた。

「逃がしてくれませんか」

おつるは必死の形相で頼んだ。

「そうしてやりたいが、もしおまえを逃がせばおれの身が危ない。おそらく命を取られるだろう。つまらねえことは考えないことだ」

拓三はそういって立ちあがった。

おつるはまたもや落胆《らくたん》した。一瞬の希望は、あっさり消えてしまった。

目の前をふわふわと一匹の蝶《ちょう》が飛んでいった。自分も蝶のように飛べたらいいのにと思った。

「何をしている。行くぞ」

拓三が振り返ってうながした。

七

「五右衛門さんを斬ったのですか」

お世津は時次郎の話を聞いて驚き顔をした。

「ああ、斬った。佐蔵の仲間だとわかったからな」

「どこで……」

「この町からさほど離れていない川のそばだ。斬らずに佐蔵の居所を聞き出したかったのだが、斬らなければこっちの身が危なかったので致し方なかった」

お世津はふうと、肩を落として嘆息した。

その様子を見ていた兼四郎は、吸っていた煙管の雁首を灰吹きに打ちつけ、

「もう昼は過ぎた。様子を見るのもこれまで」

と、ゆっくり腰をあげた。

「まいるか?」

時次郎が見あげてくる。

「無駄な暇をつぶすだけだ。それに、逃げられでもしたら厄介だ」

「兄貴、やつらが来る」

二階で見張りをしていた官兵衛が、梯子段の上から顔をのぞかせた。

「旦那、人数が増えてますよ」

官兵衛の脇から定次が顔を突き出していった。

「なんだと……」

兼四郎は表戸に走って、戸を引き開けて通りを見た。

まだ、佐蔵たちとは距離はあるが、姿をとらえることができた。たしかに数が増えている。

(仲間が他にもいたのか……)

兼四郎は目をみはって凝視すると、時次郎を振り返った。

「やつらは戦支度でやってくる。迎え撃つのだ」

「望むところだ」

時次郎がさっと立ちあがると、官兵衛と定次が二階から下りてきた。

「もはや隠れていることはない。存分に相手しよう。定次、おまえは無理をするな。よいな」

兼四郎は襷を掛け直して、定次に釘を刺した。

「そういわれても……」

「加勢するだけでいい。斬られそうになったらすぐに逃げろ」

官兵衛も言葉を添えた。

「お世津」

兼四郎はお世津を見た。

「おまえには世話になった。あやつらから逃げたかったら、おれたちが戦っている間に好きなところへ行け」

「……旦那たちはどうするんです？」

「おれたちはやつらを成敗したら江戸に戻る」

兼四郎はそれだけいうと、表戸を引き開けて表に出た。

時次郎、官兵衛、定次とつづく。

佐蔵たちはもう一町ほどのところにいた。足を止めずにずんずん近づいてくる。

兼四郎は先頭の佐蔵を注視し、それから後方に広がっている手下らを見た。ピクッとこめかみを動かしたのは、新たな三人の男に気づいたからだ。つい先刻、店の前を通っていった野武士のような侍たちだ。

（あの者ら、佐蔵の仲間だったのか）

そう思ったときに、

「旦那、後ろにいるやつらは、さっきここを通っていった浪人ですよ」

定次も気づいたらしい。

「向こうは七人、こっちは四人。他にはおらぬだろうな」

時次郎が鷲鼻を片手で撫でて目を光らせる。

「いようがいまいが、ひとり残らず地獄に送ってやるまでよ」

官兵衛はぐいっと刀の柄を押し下げ、両足を開いた。

そのとき、佐蔵たちの足が止まった。

両者の間合いは十間ほどだった。

兼四郎は佐蔵をにらみ据える。しばしの沈黙。近くの林から鳥のさえずりが聞こえてくると思えば、水田からは蛙の声がする。

昨日の雨で泥濘《ぬかる》んでいた道はすでに乾いており、ときおり吹いてくる風が地表の土埃《つちぼこり》を巻きあげた。

兼四郎はこのとき初めて、佐蔵らの顔をはっきり見た。

六尺はゆうに超えるような大男がいれば、金壺眼を炯々《けいけい》と光らせている男、そして万屋の伊勢屋を騙《かた》っていた藤吉。

あとの三人は、先刻、この道を通った浪人だった。

「長谷川佐蔵、やっと見つけたぞ！」

最初に声を張ったのは、時次郎だった。そのまま数歩前に出ると、佐蔵の顔に驚きが走った。

「やっ、おぬしは……」

「そうよ。きさまが斬り捨てた牧野金次郎の弟だ。ここで会ったが百年目、兄の怨念《おんねん》晴らしてやる」

「小癪《こしゃく》なことを……」

「長谷川佐蔵、きさまは変わり者だと知っていたが、ついに落ちぶれ外道に成り下がったようだな。愚かなことよ」

「ほざけッ！　きさまに何がわかる」

「いざ尋常に勝負だ」

時次郎がさっと刀を抜き払うと、佐蔵たちも一斉に刀を抜いた。

そのとき新たな声がした。

「佐蔵さん、そいつら役人でも何でもないわよ！　浪人奉行と嘯《うそぶ》いているただの浪人よ。それに五右衛門さんも殺しているのよ」

お世津だった。いつの間にか佐蔵らの近くにまわり込んでいた。

「なに、五右衛門も……」

佐蔵は眦《まなじり》を吊りあげた。

「あの、げす女……」

うなるような声を漏らした官兵衛は、顔を真っ赤にしていた。

（やはり、あやつは裏切ったか……）

兼四郎はお世津の寝返りなど意にも介さず、

「官兵衛、定次、牧野殿、ぬかるでない」

と叫んで、刀を抜いた。

「八雲殿、佐蔵はわたしにまかせてもらう」

時次郎はそういって先に歩き出した。

第六章　裏切り

一

中天《ちゅうてん》に昇っていた日は、西にまわりはじめていた。

椎名町の往還には、対峙する二つの集団。兼四郎たちと佐蔵一味だ。

両側に建ち並ぶ商家には誰もいない。よって野次馬の姿も皆無だ。

いや、二人だけいた。これは長崎村の百姓で、椎名町の様子を探りに来たのだった。

二人は山の中と雑木林《ぞうきばやし》を抜けて椎名町に近づき、いま対峙している二つの集団を、息を呑んで見ていた。そこは鍛冶屋《かじや》の脇を入った路地だった。

「どうなるんだ?」

汚れた手拭いで頬被りしている百姓は、小太りの連れを見る。

「わからねえ。殺し合いがはじまるんじゃねえか」

「どうするよ。名主に知らせるか」

「知らせたって、あの名主は何もしねえさ」

「殺し合いをして、みんな死んじまえばいいんだ」

「ああ、おれもそうなることを願うよ」

小太りの百姓はごくっと生つばを呑んだ。


兼四郎たちと佐蔵一味の間合いが、徐々に詰まっていく。

十間から九間、そして八間……五間……。

吹き抜ける風が襷をかけた袖を揺らし、小鬢《こびん》のほつれ毛をふるわせる。

刀を構えている誰もが双眸をぎらつかせ、撃ちかかる隙を狙いながらじりじりと接近する。間合い四間で緊張感が頂点に達した。

「いざッ」

声を発した時次郎が刀を八相に構えたまま、佐蔵に向かって駆けた。そのまま上段から面を狙っての斬撃を送り込む。

キーン！

佐蔵は下から撥ねあげると、すぐさま刀を引いて胴を払い斬るように振る。時次郎は半身をひねってかわすなり、立ち位置を探すように右に動く。

佐蔵はその場を動かず、剣尖を時次郎の喉に向けたまま体だけを動かす。

短い膠着《こうちゃく》状態があり、その場に静けさが訪れた。しかし、すぐに静寂は破られた。

「兄貴、行くぜ」

官兵衛が声を発して斬り込んでいった。

それを契機に、両者入り乱れての乱戦がはじまった。

右下段に刀を据えたまま駆ける兼四郎に、立ち向かってきたのは馬面の男だった。佐蔵の加勢に入った〝助十〟こと徳永助十郎である。

その助十に正面から斬り込まれてきたが、兼四郎は半身をひねってかわすや、体勢を崩した助十の右肩口に強烈な一撃を見舞った。

「うぎゃー！」

助十の悲鳴とともに血飛沫《ちしぶき》が迸《ほとばし》り、二の腕の途中から切断された腕が宙を舞って、ぼとりと大地に落ちた。

助十は片膝をつくと、そのまま横に倒れて情けない悲鳴をあげつづけながら、空き店の板壁に体をぶつけて動かなくなった。

その間に官兵衛はゆうに六尺を超える大男、巳喜造が振りまわす長刀に往生していた。刀は普通二尺三寸の長さだが、巳喜造の刀はそれより四寸は長かった。くわえて巳喜造は腕が長いので、官兵衛は自分の刃圏に入ることができない。

「この木偶《でく》の坊《ぼう》が……」

官兵衛はくっと口をねじ曲げて、ビュンビュン振りまわしてくる巳喜造の刀に苦戦を強《し》いられた。江戸には相撲崩《すもうくず》れの浪人ややくざがいる。おそらくこの男もその類《たぐい》らしい。体が大きい割に動きが速いのだ。

「どすこい！」

巳喜造が胴間声《どうまごえ》を張った。

（やはり、こやつ相撲崩れか……）

官兵衛は自分の間合いを探りながら、牽制《けんせい》の突きを送り込んだり、撃ち込むと見せかけてすぐに下がるを繰り返す。

定次は自分の腕ではかなわぬ相手をひと目で見極め、距離を取ったり、逃げるように心がけている。

元は火消人足《ひけしにんそく》だっただけに、人なつこい顔に似合わず気は強いのだが、剣術の覚えはない。手にしているのは十手《じって》代わりの棍棒《こんぼう》（ただし材質の固い赤樫《あかがし》）だが、刀相手では分が悪い。

定次は乱闘の場をあっちへ行きこっちへ移りしながら、隙を見せる相手がいれば棍棒でもって殴りかかる。しかし、さっと刀を向けられると、猿のような敏捷さで遠ざかり様子を見、つぎの相手を探す。

兼四郎はえらの張っている野武士のような浪人と剣を交えていた。その相手は蜘蛛木津こと木津啓三郎だった。

官兵衛は大男の巳喜造を相手に苦戦しているようだったが、定次は万屋の主に化けていた藤吉を見つけると、その背後に迫った。

「おりゃ！」

気合いを発しながら棍棒で殴りつけた。それは藤吉の肩を強打したが、すぐには倒れなかった。

二発目を見舞ってやろうとしたら懐《ふところ》に飛び込まれ、もつれるようにして倒れた。藤吉は顔をゆがめながら、手にした短刀を振りかざす。怒りと興奮で赤くなった目に殺気をみなぎらせ、短刀を振り下ろそうとする。

定次はその腕をとっさにつかむと、横に倒して顎を殴りつけ、首を絞めにかかった。

「野郎ッ……」

力まかせに首を絞めるが、藤吉も渾身《こんしん》の力で定次の腕を放そうともがく。

時次郎は額に汗を浮かべ、乱れる呼吸を整えながら、摺り足を使って佐蔵との間合いを詰めていった。

対する佐蔵も荒い息を吐き、肩を上下に動かしていた。小鬢の脇から流れる汗が首筋をつたい、襟を黒く染めている。

「きさま、腕をあげたな」

つばを呑みながら佐蔵がつぶやいた。

時次郎には呼吸を整えるための時間稼ぎだとわかる。その証拠に間合いを外している。

「旗本の子息が破落戸《ごろつき》に成り果てるとはあきれたものだ。兄の恨み、ここで晴らすと決めた以上、きさまを決して討ち漏らしはせぬ」

時次郎は言葉を返した。同じく呼吸を整えるためであった。

しかし、佐蔵が並の使い手でないのは昔から知っていた。佐蔵に殺された兄から注意を受けたこともある。

――時次郎、佐蔵と立ち合うときは、やつの突きに注意するのだ。蜥蜴《とかげ》がさっと舌を出して虫を捕まえるような、峻烈《しゅんれつ》な突きを持っている。やつは蜥蜴突きと呼んでいるが、あの技はなかなか避けきれるものではない。

時次郎の頭には、いまその言葉が甦《よみがえ》っていた。

「やれるものならやってみろ」

佐蔵は呼吸が整ったらしく、口の端に余裕の笑みを浮かべ、間合いを詰めてきた。

時次郎は隙を見つけるために、じりじりと横に動く。佐蔵の間合いを外し、自分の間合いを計る。

周囲では入り乱れての乱闘が展開されているが、時次郎は佐蔵を倒すことだけに集中していた。一切の雑念を消しているので、悲鳴や怒号などは耳に入らない。

佐蔵との間合いが詰まり、両者の刃がキラキラッと日の光をはじいた。佐蔵の目が禍々《まがまが》しく光れば、時次郎は目の奥に怨念の炎を燃え立たせる。

互いに正眼。切っ先が触れるか触れないかの間。

（つぎの一撃で仕留める）

時次郎は慎重に隙を見る。爪先《つまさき》で地面を噛み、柄をにぎる指先に少しの遊びを入れる。

さらさらと地表の土埃《つちぼこり》が風に払われたとき、佐蔵の剣先がかすかに持ちあがった。同時に後方に引いている踵《かかと》があがった。

（来る）

いまだと思って撃ち込んだ。相手の攻撃の一瞬をとらえての「出端技《ではなわざ》」である。この一刀で決まりのはずだった。

「うぐッ……」

声を漏らしたのは時次郎だった。胸に佐蔵の刀が刺さっている。

信じられないように目をみはって佐蔵を見た。

（これが、蜥蜴突きか……）

胸中でつぶやいたと同時に、胸に刺さった刀が抜かれ、つぎの瞬間、首の付け根に強い衝撃があった。

二

兼四郎が蜘蛛木津を袈裟懸けに斬り倒したときだった。視界の端で牧野時次郎が首のあたりから血飛沫をあげて倒れるのが見えた。

蜘蛛木津が目を白黒させながら大地に倒れると、兼四郎はさっと時次郎を見やった。もうすでに地面にうつ伏せになっていた。

「牧野殿……」

表情をかためてつぶやいたとき、バリーンと激しい音がした。そちらを見ると、官兵衛と戦っていた大男が、商家の戸口に背中から倒れるところだった。

大男はすぐに立ちあがって刀を振りあげたが、官兵衛がすかさず腕を斬り飛ばし、返す刀で胸を斬り下げた。

大男はぐうの音も出ずに横に倒れて動かなくなった。

官兵衛がすぐに振り返って、背中をまるめハアハアと荒い呼吸をしながら、よろけるように数歩進んで立ち止まった。

「官兵衛……」

兼四郎が声をかけると、官兵衛が見てきた。

「大丈夫か？」

「ああ、これしき……」

息を切らしながら答えるが、官兵衛は汗びっしょりだった。

兼四郎は定次のことが気になったが、姿が見えない。それに佐蔵は乱闘の場から大きく離れ、二人の仲間と後退していた。

兼四郎も、いまは気力と体力を消耗《しょうもう》しており、追おうとはしなかった。

「旦那……」

脇道から定次が姿をあらわした。襟を大きく広げ、袖が破けていた。棍棒を杖《つえ》代わりにして近づいてくる。

「怪我はないか？」

「へえ、藤吉の野郎がしぶといんで苦労しました」

定次はそういったあとで、大きく息を吸って吐いた。

「藤吉を始末したのだな」

官兵衛が聞く。

定次はうなずいて、生つばを呑み、首筋の汗を破れている袖でぬぐった。

兼四郎は倒れている時次郎のそばに行った。カッと見開かれた虚ろな目が、空に浮かぶ雲を映していた。

(牧野殿……)

兼四郎は唇を噛んで、

(そなたの兄の敵、このおれが討つ)

と、胸中で誓いながら、開いている目を閉じてやった。

「佐蔵は逃げたが、どうする？」

官兵衛が兼四郎を見て聞いた。

「逃げたのではない。いったん退いただけのはずだ」

「ここは一気呵成《いっきかせい》に攻めるべきではないか」

官兵衛はやる気満々だ。

兼四郎は短く考えてから、

「佐蔵がいったん退いたのには、何か考えのことがあってのことだろう。暇を与えず攻めるのもよいが、疲れた体では十分なはたらきはできない。少し休もう」

「あっしも、ちょいと休みたいです。喉も渇いているし……」

定次の言葉に、官兵衛はしかたねえと折れた。

三人は近くの商家に入り、水甕《みずがめ》にあった水を飲んで喉を潤《うるお》した。兼四郎はようやく人心地《ひとごこち》ついた。

店の土間には醬油樽や酢の入った甕が置かれていた。帳場といわず居間や座敷も荒らされており、障子や壁には血痕があった。

（この店の者も皆殺しにされたのか……）

いいしれぬ憤怒《ふんぬ》が再燃し、口をきつく引き結んだ。しかし、ここは冷静になるべきだと自分を戒《いまし》める。

「お世津のやつ、寝返りやがった」

官兵衛が忌々《いまいま》しそうに吐き捨てる。

「もとより、おれはあの女のことは信用していなかった」

兼四郎は上がり框に座って汗をぬぐった。

「あっしらのことは佐蔵らに筒抜けでしたからね」

定次も言葉を添える。

「それでどうするんだ？」

官兵衛が見てくる。

「佐蔵の仲間は何人残っている？」

「おそらく四人のはずです。お世津が嘘をついていなきゃ、その勘定です。一人は官兵衛さんに腕を斬られているので、三人では……」

定次が答えた。

「すると三対三か……」

兼四郎は宙の一点を短く凝視して決断を下した。

「定次、やつらがどこにいるかわかるか？」

「徳屋という穀物屋にお世津が入るのが見えたんで、そこでは……。町の外れです」

「よし、もう少し休んだら勝負に出る」


乱闘を目撃していた二人の百姓は、その場から動くことができなかった。殺し合いを目のあたりにしたのだ。

「ど、どうする？　こりゃあただ事じゃないぞ」

小太りの百姓は声をふるわせ、足をガクガクさせていた。

「ああ、何人死んだんだ？　こんな斬り合いを見ることになるとは……」

手拭いで頬被りしている百姓は、何度も生つばを呑んだ。

「やっぱ名主に知らせるか……」

小太りはまばたきもせずに、連れの頬被りを見る。

「そうだな。だけど、もう終わりなのか。あいつら二手《ふたて》に分かれたが……」

「仲間割れの喧嘩なのかな……」

「わからねえ。怖ろしい修羅場《しゅらば》じゃねえか」

「どうする、まだここにいるのか。見つかったら殺されるぜ」

小太りは及び腰になって二、三歩下がった。

「待て、もう少し様子を見ようじゃねえか」

頬被りは小太りの手をつかんで座らせた。

「殺されたくはないぜ」

「それじゃ、いまのうちに帰るか」

「そうしよう。やっぱ名主に知らせたほうがいいだろう。賊が殺し合いをやっているってな」

二人は互いにうなずき合って、そろそろとその場を離れた。

徳屋に戻った佐蔵はじっとしていなかった。座敷を行ったり来たりしながら、どうやったら兼四郎たちを潰せるかと考えていた。

何より忌々しいのが、巳喜造と藤吉を殺されたことだ。助に頼んだ徳永助十郎と木津啓三郎も倒された。

牧野時次郎は返り討ちにしたが、思いの外手《ほか》こずってしまい、他のことができなかった。そのせいで仲間を失った。

「くそッ」

腹立ち紛れに、手にしていた煙管を投げつけた。

「長谷川殿、おれは下りるぜ」

そういったのは中路源五郎だった。佐蔵はさっと源五郎を見た。

「仲間を二人殺されたんだ。それに、やつらはできる。容易く助をするといったが、とんでもねえ野郎どもじゃねえか」

「きさま、二人の仲間を殺されているのだぞ。敵を討とうと思わぬのか」

佐蔵は目をぎらつかせて源五郎を見た。

源五郎もゲジゲジ眉を寄せてにらみ返してくる。

「殺されたら元も子もない。だが、おれたちは助ばたらきをした。その分の金はいただきたいものだ」

「それはやつらを始末してからだ。そう約束したはずだ」

「なら、いらねえよ。おれはとにかく下りる」

源五郎は背を向けて吐き捨て、戸口に向かった。

「待て」

佐蔵は止めようとしたが、源五郎は聞かなかった。そのとき、戸口の前にお世津が立ち塞がった。

「なにさ臆病風《おくびょうかぜ》を吹かして、それでも男かい」

お世津は気丈な目で源五郎をにらんだ。

「どけ、邪魔だ。こんなことはおれには関係のないことだったのだ」

「なんだいあんた、見かけ倒しの意気地なしだったのかい」

「黙れッ！」

源五郎は怒鳴ったと思うや、素速く手許を動かした。抜きざまの一刀で、お世津の横腹を斬ったのだ。

「あ、あっ……」

お世津は目を見開き、口を開けたまま腰高障子《こしだかしょうじ》にしがみつき、そのままずるずると倒れた。

佐蔵は息を呑んで目をみはった。いいようのない怒りが腹のなかから沸きたったと思うや畳を蹴りながら抜刀し、いままさに表に出ようとしていた源五郎に一太刀浴びせた。

「うわっ……」

背中を斬られた源五郎は表道で倒れ、刀を抜いて立ちあがろうとしたが、佐蔵はその首を力まかせに刎ね斬った。

源五郎の首がゴロリと地に落ち、頭をなくした胴から鮮血が噴出した。

「はッ」

佐蔵は大きく息を吐き出して、店に戻った。

誰もが刻《とき》が止まったように呆然とその場に立ちつくしていた。おつるは両手で口を押さえて目を見はっていたが、吐きたくなったのか、その場にうずくまった。

佐蔵はおつるを含めた仲間を冷え冷えとした目で眺めた。

「どうした？　なんだその面は！　その目は！」

佐蔵はやり場のない怒りを抑えることができなかった。

「佐蔵さん、どうするんです？　仲間はどんどん殺されてしまいました。残ったのはわたしらだけです。それにあの男たちとわたり合えるのは、佐蔵さんと岸本さんしかいません」

伝兵衛の言葉を受けた佐蔵は、少し自分を取り戻した。

たしかに伝兵衛のいうとおりである。浪人奉行などと偽《にせ》役人を騙《かた》る相手は手強い。

「おれは刺し違えてでも、やつらを生かしてはおかぬ」

岸本竜太郎は顔を紅潮させて息巻いた。

「どうしろというのだ？」

佐蔵は伝兵衛を見た。

「鼠山の家には金を置いています。殺されたらあの金を使うことはできません。ここはいったん引きあげて、金を持って早く板橋宿に行ったほうがいいのではないかと。殺し合いをやっても金にはなりません」

「おれも伝兵衛のいうとおりだと思う。五右衛門さんも殺されているんです」

三好拓三だった。片腕が使えないので弱気になっているのだろうが、佐蔵も二人にいわれると、そうすべきではないかと思った。

「岸本、伝兵衛と拓三がそういっている。おぬしはどうだ？」

佐蔵は岸本を見た。

岸本は金壺眼を短く泳がせてから答えた。

「伝兵衛のいうとおりかもしれぬ」

「よし、それじゃ金を取りに行こう。やつらのことは後まわしだ」

三

兼四郎たちは短い休養を取ると、再び表の道に出た。

日は西にまわりはじめているが、おそらく八つ（午後二時）前のはずだった。道はすっかり乾いており、水たまりも消えていた。

兼四郎、官兵衛、定次の三人は横に並んで、東の外れにある徳屋の近くまで来た。

店の前に誰かが倒れている。だが、すぐには近づかずに、

「佐蔵、出てこい！」

と、兼四郎が声を張った。返事はない。

「そこにいるのはわかっている。尋常に勝負だ！」

もう一度声を張ったが、何の反応もない。兼四郎は官兵衛と顔を見合わせた。

官兵衛は定次に顔を向けて、

「ここにいるというのは、たしかなのか?」

と、聞いた。

「藤吉からそう聞いたんですが……」

定次は自信なさそうに答える。

「藤吉が出鱈目《でたらめ》をぬかしたのかもしれぬ。兄貴、乗り込もうではないか」

官兵衛が一歩前に進み出る。

だが、兼四郎は徳屋と書かれている看板を見、閉まっている表戸に目を凝らした。看板は古び、色も褪《あ》せている。

店構えはこの町では一番いいようだが、それでも屋根も板壁も傷《いた》みが激しい。庇の下に天水桶《てんすいおけ》があり、どこからともなくあらわれた野良猫がその裏に隠れた。

兼四郎は黙って足を進めた。戸口の前に倒れているのは、野武士のような三人組のひとりだった。首を刎ねられ、ひどい死に様である。

「なぜ、この男は……」

佐蔵たちの助をしていたはずだ。

「仲間割れでもしたか」

物事をいちいち深く考えない官兵衛はあっさりいう。

兼四郎は戸口に近づき、屋内の気配に五感を研ぎすました。物音はしないし、人の気配も感じられない。しかし、息をひそめているのかもしれない。

「佐蔵！」

思い切って声をかけた。

やはり、返事はないし、屋内は静寂を保ったままだ。

兼四郎は思いきって戸口を蹴破った。バリーンという音が屋内にひびいた。戸が倒れた瞬間、兼四郎はすぐそこの土間に倒れている女を見て目をみはった。

「お世津だ」

官兵衛が気づいてつぶやく。

「やつらの仲間だったはずだ。なぜ、ここで死んでいるのだ」

「死んだのではない。殺されたのだ」

兼四郎は足を進めて座敷にあがった。人の気配はない。

「誰もいない……」

「さては逃げたか」

官兵衛が悔しそうな顔を兼四郎に向ける。

「逃げたとしてもそう遠くではないはずだ。あれからさほど刻はたっておらぬ」

「もしや……」

定次が兼四郎と官兵衛を見た。何か思いあたったという顔をしている。

「なんだ？」

「牧野時次郎さんは、鼠山の家で金箱を見つけたといいました。お世津も、その家を佐蔵たちが塒《ねぐら》にしていたとも……」

「あやつら、その金を持って……」

兼四郎は裏の勝手口をにらんで言葉を継いだ。

「官兵衛、定次、鼠山の百姓家だ」


佐蔵は金箱を抱え持ったが、すぐに下ろして、

(巳喜造……)

と、胸中で呼びそうになった自分に気づき、舌打ちした。

巳喜造も殺されているのだった。あの怪力があれば、こんな箱など造作もないのにといまさらながら唇を嚙む。

「伝兵衛、ひとりで運べるものではない。小分けしてくれ。各々持って行くことにする」

「承知しました」

佐蔵にいわれた伝兵衛は、金を入れられそうな物を探しはじめた。拓三も進んで手伝う。

「おつる、水をくれ」

佐蔵はどっかりあぐらを搔いて、おつるにいいつけた。

「岸本、あやつらまさかここまで追ってはこないだろうな」

「追ってきたら返り討ちにするだけです」

岸本竜太郎は不遜《ふそん》な顔で答える。

「ま、そうするしかないが、面倒なことになった」

佐蔵がため息をつくと、おつるが湯吞みに入れた水を持ってきた。

「おつる、おまえはおれたちの仲間だ。面倒なことになっているが、今夜はたっぷり楽しませてやる」

佐蔵は笑みを浮かべていったが、おつるは能面顔だ。

「つまらぬ顔をするな。おまえを女中にする気などないのだ」

「佐蔵さん、おつるをどうするんです？　自分の女にするんですか、それとも売るんですか？」

岸本の言葉に、おつるは顔をこわばらせた。

「いい女にしてやるだけだ。余計なことといわずに見張っていろ」

佐蔵に窘《たしな》められた岸本は、戸口の外に顔を向け直した。

「伝兵衛、手間をかけるな。さっさと引きあげたいのだ」

「へえ、わかっております」

伝兵衛が答えたとき、

「佐蔵さん、やつらです」

と、岸本が慌てた声を漏らして、振り返った。

「なんだと」

佐蔵は岸本に駆けよった。

下の坂道からやってくる三人の男がいた。

「やつらだ」

佐蔵は大きな鼻息を漏らして唇を噛み、金を小分けにしている伝兵衛を見た。

まだ手間取りそうだ。

「こうなったら返り討ちにするしかありませんぜ」

岸本は刀を抜いた。

そのとき、佐蔵はおつるを振り返った。おどおどした顔で立っている。

「おつる、おまえにもひとはたらきしてもらおう。ここへ来い」

四

緩《ゆる》やかな坂を上った先に、その百姓家はあった。このあたりでは大きな家だ。背後は竹林で、周囲には樫や杉、樅《もみ》などがあり青葉を茂らせている。

（あそこか……）

兼四郎が目を光らせてその家を見たとき、さっと戸口が開き、佐蔵が姿をあらわした。

しかし、ひとりではない。小柄な女の手を引き、自分の前に立たせた。

兼四郎たちは足を止めた。

「八雲、ずいぶんしつこいな。いい加減にあきらめてこのまま立ち去ってくれぬか」

佐蔵が声をはった。

「それはできぬ相談」

「きさま、どういうわけで役人を騙っておるのか知らぬが、ひとつ取り引きをしないか」

兼四郎は眉宇をひそめた。

「取り引き……」

「さよう、この女は小間物屋の女房だ。江戸から川越に行くところだった。この女を連れて江戸に帰ってくれ」

佐蔵に腕をつかまれている女は、いまにも泣きそうな顔をしていた。

「おれたちはこのまま村を去る。これ以上の斬り合いをしても何の得にもならぬだろう。戦えばいずれかが死ぬことになる」

「この期《ご》に及んで怖れたか」

「お互いのためだ」

「佐蔵、きさまがこの村で起こした悪行は決して許せるものではない。おれたちは天に代わり、きさまを討つ。取り引きなど笑止」

佐蔵はこめかみをヒクッとふるわせると、さっと女を引き寄せ、首に刀をあてがった。女は目をつむり「助けて」と、ふるえ声を漏らした。顔色《がんしょく》をなくし、怯えきっている。兼四郎は一瞬、芝居ではないかと疑ったが、そうではなさそうだ。

「女を助けたければ、ここから立ち去れ」

佐蔵は切れ長の目を厳しくして、女を強く引き寄せた。女の顎が持ちあがる。

戸口からもうひとり男が出てきた。金壺眼の岸本竜太郎だった。

「断ればどうする？」

「この女の命がなくなるだけだ」

「兄貴……」

官兵衛が声をかけてくる。

兼四郎はどうすべきか、慌ただしく考えていた。佐蔵は本気で女を殺すだろう。かといってこのまま引き下がるわけにはいかない。

「兄貴、どうするんだ。あの女を殺されていいのか？」

官兵衛が忙しく兼四郎と女を見る。

「……わかった。女を放せ」

佐蔵につかまれていた女が目を開けた。かすかだが、救われたという表情になった。

「おつる、偽役人がおまえを助けてくれるそうだ。よかったな」

そういう佐蔵は、まだおつるという女を放そうとはしなかった。

「八雲、刀をそこへ置け。きさまもだ」

佐蔵は兼四郎から官兵衛に目を向けた。

兼四郎はここへきて進退窮《しんたいきわ》まったが、もはや佐蔵のいいなりになるしかない。

腰の大小を抜くと、ゆっくり地面に置いた。

「旦那……」

定次が狼狽《ろうばい》の声を漏らした。

「しかたあるまい。官兵衛、刀を……」

兼四郎にうながされた官兵衛も、刀を抜いて足許に置いた。

「女を放せ。見てのとおり刀は置いた」

「その小者の腰にあるものもだ」

佐蔵は定次に命ずる。定次は棍棒を放った。

とたん、佐蔵の片頬に笑みが浮かんだ。

「よし、そのまま下がれ。ここから離れるんだ」

「女を放す約束だ」

「放してやるが、それはあとだ。早く下がれ。下がらぬかッ！」

佐蔵は眦《まなじり》を吊りあげて怒鳴った。

兼四郎は唇を噛んでゆっくり下がった。もっと下がれと佐蔵が命令する。

兼四郎たちはさらに下がった。すでに自分の刀から七、八間の距離になった。

「岸本、やつらの刀を……」

佐蔵に命じられた岸本竜太郎が、小走りで兼四郎と官兵衛の大小を拾って下がった。

「おつるを放せ！」

兼四郎は佐蔵をにらみ据えて声を張った。

「もっと下がれ、もっとだ！」

「女を放すのが先だ！」

「下がれ、下がらぬか！　おれの目の届かぬところまで下がるんだ！」

「くそっ。卑怯《ひきょう》なことを……」

官兵衛は悔しがるが、おつるを救うためには佐蔵のいいなりになるしかない。

ついに、佐蔵の姿が見えなくなった。

「兄貴、刀がないのにどうする」

兼四郎は官兵衛の問いには答えず、もう一度佐蔵に声をかけた。

「佐蔵、おつるを放せ！」

いま放してやると、声が返ってきた。

同時に「きゃ」という小さな悲鳴。

兼四郎たちは百姓家のほうに目を向けたまま、坂下で立ち止まった。

しばらくすると、いまにも転びそうな勢いでおつるが駆けてきた。息を喘がせ、裾前《すそまえ》が乱れるのもかまわずに走ってくる。

「大丈夫か？」

おつるはそばに来ると、息を喘がせながら、

「助かりました。ありがとうございます。助かりました」

と、半泣きの顔で腰を折った。

「あの野郎、よく放してくれたな。おれは騙されたと思ったが……」

官兵衛は坂の上をにらんでから、兼四郎に顔を向けた。

「兄貴、これからどうする。刀がないんだ」

「わかっている。おつる、あやつらがどこへ行くか知っているか？」

「板橋宿に行くといっていました」

「板橋宿……」

「刀はないが、あとを追うか」

「官兵衛、刀はある」

「えッ」

「とにかく清戸道まで戻ろう」

五

「やつら、戻ってくるのでは……」

おつるを放したあとで、岸本が懐疑的な目を向けてきたが、佐蔵は取り合わなかった。

「刀はこっちの手にある。それに、おれたちはもうここを離れるんだ。だが、油断はするな。しばらく見張っておれ」

佐蔵はそのまま家のなかに戻った。そのとき、伝兵衛が裏の勝手口から出て行くのが見えた。その先には三好拓三の姿。

「おい」

佐蔵は声をかけたが、二人は見向きもせずに駆け去った。

「あやつら……」

さっと金箱のほうを見た。小分けにした袋がない。座敷にあがって金箱を見ると、いくらも入っていない。

「やつら」

佐蔵は裏口を見るなり刀を引き抜き、伝兵衛と拓三を追った。

「岸本、こっちへ来い！」

駆けながら岸本竜太郎に声をかける。

木々の間に逃げる伝兵衛と拓三の姿が垣間《かいま》見える。

「裏切りやがって……」

佐蔵は刀を振りあげて必死に走る。逃げる拓三は片腕が使えないので、普段より足が遅い。伝兵衛は太った体をゆすりながら、ときどき背後を振り返り、驚いたように目を剝いた。

「野郎ッ、おれを裏切るとはただではおかぬ」

佐蔵は一気に距離を詰めた。

伝兵衛がつまずいて前に倒れた。必死になって横の藪のなかに逃げる。

「きさまッ」

佐蔵は近づくなり、伝兵衛の背中に一太刀浴びせた。

「うわー！」

斬られた伝兵衛は仰向けになり、恐怖に顔を引《ひ》き攣《つ》らせた。

佐蔵は容赦しなかった。いきなり刀を振り下ろし、伝兵衛の首の付け根をざっくり斬った。

「ぎゃあー！」

伝兵衛の悲鳴が林のなかにこだまし、木漏れ日のなかに鮮血が迸《ほとばし》った。

佐蔵は肩を激しく動かしながら、伝兵衛の死体を禍々《まがまが》しい目で見下ろした。腰に金の入った小袋をくくりつけていた。懐にも同じ小袋が入っていた。

佐蔵は金を取るのを後まわしにして、先に逃げた拓三を追いかけた。すでに林のなかの道を抜け、水田の畦道まで逃げていた。

佐蔵は林を抜けると、畦道に入った。蛙がやかましく鳴いている。視界を切るように燕《つばめ》が飛び交っていた。

拓三の背中が大きくなった。畦道を抜け村道に入ったところで、拓三が振り返った。そのまま刀を抜いて、右腕一本で構えた。

佐蔵は立ち止まると、ひとつ大きく息を吐いてから近づいていった。

「きさま、何の真似だ」

「見てのとおりさ。おれは付き合いきれぬ。みんな殺された。あんたといれば、いずれおれの命も長くはないだろう」

「そのとおりだ。きさまの命はここで潰《つい》えるのさ」

佐蔵は目を吊りあげたまま間合いを詰めた。

拓三はじりじりと下がる。佐蔵はさらに間合いを詰めた。

「裏切り者は許さぬ」

佐蔵はくぐもった声を漏らし、ゆっくり刀をあげた。

「待ってくれ」

とたんに拓三が許しを請う顔になって下がった。

「悪かった。魔が差しただけだ。裏切るつもりなどなかった。金は返す。後生《ごしょう》だから許してくれ」

「ほざくなッ！」

佐蔵は躊躇《ためら》いもなく、拓三の眉間から顎にかけて斬り下げ、横腹をたたき斬った。

拓三は踏み潰された蛙のような声を短く漏らし、大地に倒れた。

佐蔵は激しく肩を動かしながら、屍《しかばね》となった拓三を冷え冷えとした目で眺め、大きく息を吐いて吸い、乱れる呼吸を整えながら、片膝をついた。

拓三は腰に金袋を巻きつけていた。懐にも金袋が入っていた。それらをすべて取りあげると、来た道をゆっくり戻った。

林の入り口に岸本竜太郎が立っていた。

「裏切り者は容赦せぬ」

佐蔵はぎらつく目で岸本を見た。

「伝兵衛は……」

「そっちの林のなかだ。金を横取りして逃げようとしたのだ。愚か者めが」

「金は残っているので……」

「残っている。あの家にもまだある。それに反物も……」

「それじゃ取りに戻りますか」

「むろんだ」

「八雲の刀は業物《わざもの》ですよ」

「それも金にする。くそっ、忌々しいことだ」

佐蔵は奥歯をギリギリと軋ませながら、来た道を戻った。

兼四郎たちは徳屋の前にいた。

その手には刀があった。佐蔵の仲間たちが持っていたものを拾ったのだ。

「定次、おまえはおつるとここに残って待っておれ」

「あっしも行きますよ」

定次は拒んだが、兼四郎は首を振って諭《さと》した。

「あとはおれと官兵衛の仕事だ。おつるをひとりにしてはおけぬ」

兼四郎はおつるに顔を向けた。表情に安堵の色はあるが、それでも戸惑っているのがわかった。

「おつる、おれたちを信じてくれ。おまえを江戸に連れて戻ると約束する」

おつるは戸惑いながらも小さくうなずいた。

「では、官兵衛まいるぞ」

そのまま兼四郎は官兵衛とともに、佐蔵のいる百姓家に足を向けた。

めざす百姓家は、清戸道からさほど離れていないので、すぐ近くまで来た。戸口は開け放されたままだ。土間奥に動いている人影が見えた。

「いるぞ」

官兵衛が声をひそめる。

「ああ」

兼四郎はあたりに警戒の目を配りながら、ゆっくり足を進めた。

土間奥にいた男が振り返るのがわかったのはすぐだ。兼四郎が眉宇をひそめると、

「や、てめえ」

と、相手が声を漏らした。

同時に座敷から土間に飛び下りた男がいた。佐蔵だった。

六

兼四郎が立ち止まるのと、佐蔵が戸口を出てきたのは同じだった。岸本竜太郎もあとにつづいて出てきた。

「きさまら、懲りもせずに……」

そういった佐蔵の目が、兼四郎と官兵衛の持っている刀に注がれた。

「きさまらの仲間のを拝借したのだ」

兼四郎は応じながら間合いを詰める。

「小癪《こしゃく》なことを」

「きっちりケリをつけてやる。どっからでもかかって来やがれッ」

官兵衛は怒声を発して、刀を抜くと同時に鞘《さや》を投げた。

「容赦せぬ！」

佐蔵がいきり立った顔で、刀を抜き払うなり、地を蹴った。その斬撃は兼四郎に向けられていた。

兼四郎は脇に飛んでかわすと、即座に佐蔵の臑を払うように刀を振った。佐蔵は飛んでかわしながら、面を狙って刀を振り下ろしてきた。

すぐそばでは官兵衛が岸本と刃を交えていた。鋼のぶつかり合う音がして、官兵衛が胴間声の気合いを発している。

兼四郎は佐蔵の刀を擦りあげると、すかさず手許に引いた刀を佐蔵の胸を断ち斬るように動かした。

佐蔵の袖を切ったが、太刀筋はそれていた。顔を紅潮させている佐蔵は自分の間合いを計ろうと、わずかに下がり正眼に構え直す。

兼四郎は怖れずに間合いを詰めていく。剣尖は佐蔵の喉に向けられている。息を止めたまま、さっと短く刀を動かす。

佐蔵はその動きには惑わされずに、前に出てくる。一瞬、二人は立ち止まった。と、つぎの瞬間、佐蔵の刀が目にも止まらぬ速さで伸びてきた。

兼四郎はハッとなった。鋭い突きである。体をひねってかわしたが、肩に小さな衝撃があった。佐蔵の刀がかすったのだ。

佐蔵の鋭い突きには、さすがの兼四郎も冷や汗をかいた。しかし、丹田《たんでん》に力を込め、口を真一文字《まいちもんじ》に引き結び、気を取り直す。佐蔵の鋭い目が剃刀《かみそり》のように光っている。

兼四郎は右足を前に送り込むと同時に、刀を袈裟懸けに振った。かわされる。攻撃の手をゆるめず、さらに逆袈裟に刀を振る。横に払いかわされると、佐蔵が上段から撃ち込んできた。

兼四郎は刀を地面と水平にして受け止める。ガツンと、鈍い音。佐蔵はそのまま上から押し込んでくる。兼四郎は耐える。

木漏れ日が二人の影を作っていた。兼四郎は刀を押し込まれながら横に動いた。同時に片足を飛ばして、佐蔵に足払いをかけた。

佐蔵の体が横によろめいた。転瞬、兼四郎は横腹を斬り払いながら前に飛び、すかさず振り返ると、反撃をしようとしていた佐蔵の胸を逆袈裟に斬りあげた。

鮮血が木漏れ日のなかで弧を描き、佐蔵の体が揺れるように動いた。兼四郎は剣尖を斜め上方に向けたまま残心を取っていた。

「き、きさま……う、うっ……」

佐蔵は小さなつぶやきを漏らし、どさりとうつ伏せに倒れた。

「兄貴」

官兵衛が獰猛《どうもう》な牡牛《おうし》のように、前屈みになって両肩を大きく動かしながら上目遣いに見てきた。そばには岸本竜太郎が横たわっていた。

兼四郎はハッと大きく息を吐き出すと、手にしていた刀を放り投げ、家のなかに入った。

佐蔵の仲間が他にもいたはずだが、姿はなかった。座敷に金箱があり、かたわらに自分の刀と官兵衛の刀があった。

荒い呼吸をしながら土間に入ってきた官兵衛に、兼四郎は刀を差しだした。

「他のやつは……」

官兵衛が刀を受け取りながら家のなかを見まわす。

「わからぬ。先に逃げたのかもしれぬ」

「どうする？」

「佐蔵を倒したのだ。深追いするまでもないだろう」

兼四郎は顎にしたたる汗を手の甲でぬぐった。

清戸道に戻ると、徳屋の前で待っていた定次が駆け寄ってきた。

「はあ、よかった。もう少し遅くなるなら、あっしも行こうかと思っていたんです」

「気遣い無用だ。佐蔵は倒した。他にも何人か仲間がいたはずだが、先に逃げたようだ」

「定次、おまえのだ」

官兵衛が定次に棍棒をわたした。

「ありがとうございます。それで、これからどうするんです？」

定次は兼四郎と官兵衛を交互に見て聞く。

「この村での仕事は終わった。日が暮れぬうちに江戸に帰る」

兼四郎はそういっておつるを見た。

「送ってまいろう」

そのまま兼四郎たちは、おつるを連れて江戸に足を向けた。

日の暮れかかった道に、四人の長い影ができていた。

江戸のほうから大八車を引いてくる百姓たちがいた。車は三台で、それぞれに三人の男たちがついていた。今朝、江戸に野菜などを商いに行った者たちだ。兼四郎らとすれ違うとき、百姓たちは小さく頭を下げた。大八車には下肥《しもごえ》が積まれているらしく、異臭が鼻をついた。

「死人の臭いよりましだ」

官兵衛が顔をしかめてつぶやいた。

七

それから十日後のことだった。

兼四郎はいつものように店を開け、常と変わらず早くやってくる寿々の相手をしていた。

「これは今朝仕入れた蛸《たこ》で作ってみた。味見してくれるか」

寿々に差し出したのは、茹《ゆ》でた蛸をさっと鍋で炒《いた》めたものだった。香味をつけるために紫蘇《しそ》の葉を混ぜたが、はたしてよくできたかどうかわからなかった。

「めずらしいじゃない。大将もいろいろ作るようになったわね。では……」

寿々はいただきますといって、箸で蛸を摘んでまばたきをする。

「どうだい？」

「驚いたわ。おいしいじゃないのさ。それにお酒の肴によくあうわ」

「ほんとうかい」

「わたしはおべっか使いじゃありませんよ。ほんと、おいしい」

寿々はもうひとつ摘んで、納得したようにうなずく。

「どうやって作ったの？　味醂《みりん》と醬油を使ってあるのはわかるけど……」

「さすが、お寿々さんだ。そう味醂と醬油だけだ」

「それじゃ加減が上手なのね。うまくできているもの。それに紫蘇が味を引き立てている。大将、お酒付き合いなさいな。こんなおいしい肴があるのよ。さあ」

「それじゃ……」

盃を差し出すと、寿々が流し目を送りながら酌をしてくれる。

「こんなときがわたしは一番幸せ。誰にも邪魔されず、大将と二人だけ。うふっ……」

寿々はうっとりした顔になる。肉置《ししお》きのよい四十年増だが、妙に色っぽい。兼四郎は自分に気があることを知っているが、さらっと流しつづけている。

「それにしても日が長くなったわね。もうすぐ六つ（午後六時）だというのにまだあかるいもの」

寿々がちらりと表を見ていう。開け放している戸から夕日が射し込んでいて、腰高障子を朱《あか》っぽく染めていた。

そこへ紙売りの順次が、息を切らしながらやってきた。

「大将、大将、おっ、お寿々さんもいたか」

「いたかは余計よ」

寿々が口をとがらすのにもかまわず、順次はすぐそばに腰を下ろす。

「聞いてくれ大将」

「おけいちゃんを送ってきたんだろう」

「そう、そうなんだけどさ。いやはや、おれは驚いちゃったね」

「ちょいとあんた、もっと落ち着いて話しなさいな」

寿々が窘めるが、順次はそれが落ち着いていられないんだと、話をつづける。

「おれはてっきり妹の亭主は殺されたと思っていたんだけどさ、それが生きていたんだよ」

「ほんとうかい……」

兼四郎も意外だという顔をした。

「そうなんだよ。町が襲われたとき、妹は亭主も殺されたと思い込んでいたんだけど、うまく逃げて親戚の家に隠れていたんだよ。それで、町が元のように戻ったという噂を聞いて村に帰っていたんだ。いやはや、妹の喜びようったらなかったぜ」

「そりゃあ何よりだった」

「だったら順ちゃんもひと安心だね」

寿々が言葉を添える。

「いや安心は安心だけど、村がひどいことになっていたのはたしかだ。何でも三十数人殺されているんだ。おまけに商家も襲われちまって、誰ひとりいなくなったというんだから驚きだよ」

「そんな怖ろしいことがあったの」

寿々が目をまるくして驚く。

「怖ろしいなんてもんじゃねえさ」

順次は村で聞いてきたらしく、どれだけの被害者がいたのか、村を恐怖に陥れた賊について話した。それは兼四郎が知っていることだったが、順次の話には尾ひれがついていた。

「ひどい悪党がいるもんだね。くわばらくわばら」

寿々は怖気《おぞけ》をふるうように肩を揺すった。

「だけどよ、悪いことはいつまでもできるもんじゃねえ。何でもそいつらは、村にやって来た浪人に皆殺しにされたんだ。村は骸の片づけが大変だったらしいが、みんな胸を撫で下ろしていたよ」

「それじゃ、やって来た浪人に、その村は救われたのね。どんな浪人なんだろう」

「よくわからねえらしいが、何でも三人組だったという噂だ」

順次はなおも聞いてきた話をつづけた。兼四郎は板場に入って、順次のために蛸の紫蘇炒めを小鉢に盛った。

「おい大将、おれにも酒をくれ」

ひととおり話し終えた順次が声をかけてきた。

「あいよ」

兼四郎はいつものように軽く返事をする。

翌朝、兼四郎が腰に手拭いを提げて、井戸端に行こうとしたとき、長屋の木戸口を入ってきた定次に声をかけられた。

「よう、また和尚でも呼んでいるか」

「そうじゃありません」

定次は顔の前で手を振って、ちょいとよろしいですかと、兼四郎を家のなかに戻した。

「何だ、何かあったんだろう」

「へえ、昨日おつるさんの様子を見に行ったんです」

「ほう」

兼四郎も気になっていたので、居間の上がり口に腰を下ろして定次を見た。

「大分落ち着いていましたが、やっぱり亭主を失くしたのが応えているらしく、あんまり元気がありませんでした」

「無理もないな」

「旦那と官兵衛さんによろしくいってくれ、そのうちお礼をしなきゃならないと、しおらしいことをいうんです。あっしはその必要はないと断ってきましたが……」

「うむ」

「ですが、あの人は大丈夫ですよ」

「…………」

「死ぬほど怖い目にあったけれど、せっかく助けていただいたのだから、亭主がいなくなってもしっかり生きていくと、別れ際にあっしにいいましてね。ああ、これでこの人もちゃんと立ち直れるだろうと思いましたよ」

「そうか、しっかり生きていくといったか」

兼四郎はやさしい面立ちをしている、おつるの顔を思い出しながらつぶやいた。

「だから、あの人は大丈夫だと思います。旦那も気になっていたでしょうから、少しは安心してください」

「わざわざ知らせに来てくれて礼をいう」

「で、これから官兵衛さんにも、いまのことを伝えに行って来やす」

「そうしてくれ。やつも心配していたからな」

「では、これで」

定次はペコッと頭を下げて家を出て行った。

兼四郎は見送ってから戸口を出ると、そのまま井戸端に向かった。長屋の路地をさっと横切った影があった。そちらを見ると、庇の下に巣を作っている燕だった。

まだ雛《ひな》は生まれていないようだが、燕は巣に戻ったと思うや、またどこかへ飛んでいった。

視線を変えると、そばの垣根に朝顔が咲いていた。花弁《はなびら》の開き方が、なぜか微笑むおつるの顔に思え、兼四郎は小さな笑みを浮かべた。

この作品は双葉文庫のために書き下ろされました。

双葉文庫

い-40-50

浪人奉行《ろうにんぶぎょう》

八ノ巻《はちのかん》

2020年1月19日　第1刷発行

【著者】
稲葉稔《いなばみのる》

【発行者】
箕浦克史

【発行所】
株式会社双葉社
〒162-8540 東京都新宿区東五軒町3番28号
[電話] 03-5261-4818(営業)　03-5261-4833(編集)
www.futabasha.co.jp
(双葉社の書籍・コミックが買えます)

【印刷所】
株式会社亨有堂印刷所

【製本所】
株式会社若林製本工場

【表紙・扉絵】南伸坊
【フォーマット・デザイン】日下潤一
【フォーマットデジタル印字】飯塚隆士

ISBN978-4-575-66978-7 C0193
Printed in Japan

稲葉稔

影法師冥府《めいふ》おくり 鶯《うぐいす》の声

長編時代小説

水野家の金蔵襲撃は血筆の左平次の仕業ではなかった。平四郎は殺された包丁人の素性を探りついに黒幕を追い詰める。瞠目の最終巻。

稲葉稔

浪人奉行 一ノ巻

長編時代小説〈書き下ろし〉

ある事情から剣を捨て、市井で飯屋を営む八雲兼四郎。だが、思わぬ巡り合わせから許せぬ悪を討つ〝浪人奉行〟となり、再び刀を握る。

稲葉稔

浪人奉行 二ノ巻

長編時代小説〈書き下ろし〉

反物を積んだ舟が江戸の手前で次々と消え、荷が闇商いされていた。外道の匂いを嗅ぎつけた〝浪人奉行〟八雲兼四郎は行徳に乗り込む。

稲葉稔

浪人奉行 三ノ巻

長編時代小説〈書き下ろし〉

池袋村で旅の行商人が惨殺された。居酒屋いろは屋の大将にして外道を闇に葬る〝浪人奉行〟八雲兼四郎が無辜の民の恨みを剛剣で晴らす！

稲葉稔

浪人奉行 四ノ巻

長編時代小説〈書き下ろし〉

升屋の大番頭の安否確認のため、殺しが頻発する東海道大井村に赴いた兼四郎は無残な骸と遭遇。下手人を追うなか美しい浜の娘と出会う。

稲葉稔

浪人奉行 五ノ巻

長編時代小説〈書き下ろし〉

目黒の商家が次々と賊に襲われた。しかも押し込み前には必ず娘や嫁が姿を消すという。惨状を耳にした兼四郎は賊成敗に乗り出す。

稲葉稔

浪人奉行 六ノ巻

長編時代小説〈書き下ろし〉

外道に地獄を、民に光を!! 〝浪人奉行〟八雲兼四郎の影仕置きの舞台は武州中野宿へ。米問屋一家皆殺しの賊は型破りの浪人集団だった！

稲葉稔
浪人奉行
七ノ巻
長編時代小説
〈書き下ろし〉

鈴ヶ森で行き倒れていた幼子、小太郎の世話を引き受けた兼四郎。徐々に心を通わすようになるが、やがて小太郎の過去が明らかになる。

稲葉稔
本所見廻り同心控
ぶらり十兵衛
時代小説

辛くとも懸命に生きる市井の人々をそっといたわる本所の守り神、深見十兵衛。男気溢れる人情捌きが胸に染み入る珠玉の第一弾。

稲葉稔
本所見廻り同心控
十兵衛推参
長編時代小説

深川で二人の浪人が斬殺された。本所見廻りの深見十兵衛は凄烈な太刀筋に息を呑む。背後には悪党〝闇の与三郎〟の影が蠢いていた。

稲葉稔
新装版 不知火隼人風塵抄
葵の密使【一】
長編時代小説

将軍の隠し子にして剛剣と短筒を自在に操る凄腕密使・不知火隼人、見参！ 剣戟の名手による伝説の娯楽大作が装いも新たに登場。

稲葉稔
新装版 不知火隼人風塵抄
葵の密使【二】
長編時代小説

浦賀で暗躍する武器弾薬の密貿易一味を剛剣で征した隼人。だが護送中、頭目の男が自害。黒幕を追う隼人に絶体絶命の危機が迫る。

稲葉稔
新装版 不知火隼人風塵抄
葵の密使【三】
長編時代小説

幕府を挑発するが如く江戸に近づく謎の黒船。大奥御年寄、歌橋の密命を受けた不知火隼人はその正体を暴くべく安房館山へ急行する。

稲葉稔
新装版 不知火隼人風塵抄
葵の密使【四】
長編時代小説

「そなたは上さまの兄上。命を狙われておる」——歌橋の思わぬ告白に驚愕する隼人。すでに刺客は背後に迫っていた！ 瞠目の最終巻。